每一步探索都是智慧

绿色家园丛书

于永玉◎主编

LÜSEJIAYUAN

MeiLiDeJiaYuan

美丽的家园

地球

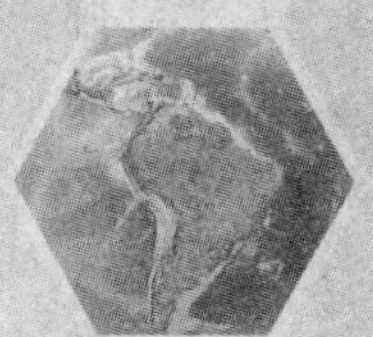

■拯救地球，人类不可推卸的责任

■环境保护，人类亘古不变的主题

延边大学出版社

图书在版编目(CIP)数据

美丽的家园——地球/于永玉主编．—延吉：延边大学出版社，2010.11

(绿色家园丛书．第1辑)

ISBN 978－7－5634－3468－8

Ⅰ．①美… Ⅱ．①于… Ⅲ．①地球－青少年读物 Ⅳ．①P183－49

中国版本图书馆 CIP 数据核字(2010)第217418号

绿色家园丛书

美丽的家园——地球

编　　著　于永玉
责任编辑　何　方
出版发行　延边大学出版社
地　　址　吉林省延吉市公园路977号
邮　　编　133002
印　　刷　北京一鑫印务有限责任公司
经　　销　新华书店
开　　本　850×1168毫米　1/32
印　　张　22.5
字　　数　500千字
版　　次　2011年2月第1版第1次印刷
定　　价　145.00元(全五册)

前 言

在广漠无垠的太空里，有一颗蔚蓝色的球形天体，表面海陆隐现，上空浓云密布，这就是人类赖以生存与发展的家园——地球。地球是太阳系家族中一个独特的成员，是太阳系中唯一有生命发育和人类活动的行星，也是当今所知宇宙中唯一有生物演化和高度文明发展的天体。

地球上70%的表面被海洋覆盖着。风和日丽时，这里是波光粼粼，水天一色；风暴雨狂时这里是惊涛裂岸，白浪淘天。这里游弋着世界上最大的动物——蓝鲸；这里生长着美丽的珊瑚。这里过去曾经是生命的摇篮；这里现在依然是无尽的宝库。

地球上的陆地只占不到三分之一的面积，却有着复杂多变的景观；有一望无际的平原，连绵起伏的丘陵；有茂密的森林，茫茫的草原；有小桥流水的江南水乡，也有人烟罕至的西域戈壁；有赤道热带的绮丽旖旎；也有南北两极的银装素裹；有刺破青天的喜马拉雅山，也有令人惊心动魄的科罗拉多大峡谷。

在我们的美丽家园中，人类与自然一度相处的是那样和谐，风景如画，青山绿水。然而20世纪以来，随着科学技术的发展和经济规模的扩大，人类赖以生存的地球发生了巨大的变化。地球生态环境是人类活动的基础空间，但是，人类无所节制的生产消费行为却在严重地改变着甚至是恶化着生态环境。20世纪是人类对资源和环境破坏最严重的100年。20世纪70年代，随着东西方冷战的结束，和平与发展慢慢成了人类追求文明与进步的共同主题，核战争已不再是威胁世界的第一危机，取而代之的是环境危机。

面对这种状况，如果人类不及时改变经济社会的发展模式，长此下去人类在地球上必定会越来越孤单，最终连地球也可能成为不再适合人类居住的星球。令人欣慰的是，国际社会已经认识到了这一点。1992年6月，联合国召开“环境与发展会议”通过了《21世纪议程》，明确提出了促进环境保护与经济社会发展的总体战略——可持续发展战略。1997年，160个国家在日本京都签订了旨在减少二氧化碳排放、防止全球变暖的《京都议定书》。2002年，“联合国可持续发展世界首脑会议”在南非约翰内斯堡召开，各国均承诺将不遗余力地执行可持续发展的战略，把地球建设成一个人类与自然协调发展的美好家园。

《地球——人类的共同家园》一书阐述了由过去绿色生态环境下的地球到逐渐被破坏的地球再到地球环境破坏对人类带来的重大影响，通过一件件人类自尝恶果的事例和一幅幅震撼人心的图片向读者展现了一个伤痕累累的地球，根本目的就是能使青少年能够明白地球环境对我们人类生存的重要性，尽自己的一份力量去保护身边的环境，保护人类共同的家园！

由于编者水平和视野所限，书中的错误和不足之处在所难免，敬请读者不吝指正。

目　录

美丽的地球

MEILIDEDIQIU

在茫茫的宇宙中，太阳系家族里有一颗美丽的蔚蓝色星球，那就是我们的家园——人类赖以生存的地球。

如果你站在距地球38万公里之外的月球上观察地球的话，你会发现地球是一个巨大的球体。它的表面大多为蓝色，那是海洋；还有白色，那是极地和高山的终年积雪；也有棕黄色和绿色，那就是陆地和陆地上的植被了。

地球上70%的表面被海洋覆盖着。风和日丽时，这里是波光粼粼，水天一色；风暴雨狂时这里是惊涛裂岸，白浪淘天。这里游弋着世界上最大的动物——蓝鲸；这里生长着美丽的珊瑚。这里过去曾经是生命的摇篮；这里现在依然是无尽的宝库。

地球上的陆地只占不到三分之一的面积，却有着复杂多变的景观；有一望无际的平原，连绵起伏的丘陵；有茂密的森林，茫茫的草原；有小桥流水的江南水乡，也有人烟罕至的西域戈壁；有赤道热带的绮丽旖旎；也有南北两极的银装素裹；有刺破青天的喜马拉雅山，也有令人惊心动魄的科罗拉多大峡谷。

在我们的美丽家园中，繁衍生息着许许多多的动物、植物和微生物。当然也包括我们人类在内。

本章节内容将带读者们走进人类美丽的地球家园，走进那种类繁多、形态各异的动物王国和高大挺拔、绚丽多姿的植物世界；最后，再去了解下地球母亲给予我们的丰富的矿产资源。

人类美丽的家园

我们的家园，是一个植物的世界，没有植物，地球上就没有生命。人类和动物都需要植物来供给食物和氧气。我们餐桌上丰盛的佳肴，身上穿的牛仔装或时装，都直接或间接地来自植物。在各个国家里，都有许多人养花、种菜，供人们观赏和食用。科学家从植物中提取各种成分来制药，像治疗疟疾的奎宁、治疗感冒的板蓝根冲剂等。植物的种类很多，外形千姿百态，最小的海洋浮游生物用肉眼是无法看到的，而高大参天的“世界爷”——巨杉，竟有83米高，相当于30层楼房那么高。它有3500年的树龄，树围31米，大约要20个人手拉手才能围过来。树干基部凿成的隧道竟可通过汽车。

美丽的地球

植物的共同特点是它们都能够利用阳光生产自身生长繁殖所需要的养分。与动物不同，植物不能自己移动。植物界至少有30万个物种。它们分为藻类、菌类、地衣、苔藓、种子植物（由裸子植物和被子植物组成）。我们日常见到最多的是种子植物，它们中有高大挺拔、四季常青的松柏，也有五彩缤纷、芬芳宜人的鲜花。我们吃的谷物、蔬菜、水果也属于这一类。

我们的家园也是个动物的王国。许多人一定看过并且喜爱

《动物世界》这个电视栏目。看到那些可爱的野生动物，让我们生活在现代都市的人有种久违了的回归自然的感觉。性情温和、身材矫健的瞪羚在非洲大草原上漫步，高高的长颈鹿从容地俯下头在水边饮水，几只小猎豹相互追逐、嬉戏，成群的大象在泥泽中尽情的沐浴。上万头牛羚随着季节和环境的变化，成群结队，浩浩荡荡长途迁徙的情景，更让人惊心动魄。“鹰击长空，鱼翔浅底，万类霜天竞自由”，呈现出大自然和谐而美丽的画卷。

打开动物王国的大门，首先令我们惊愕不已的是那繁多的种类。动物界的物种可能有 100 万种以上。科学家们为了能把如此众多的动物分清查明，并研究它们彼此的亲缘关系，把动物分成了十几个门。如：海绵动物、腔肠动物、扁形动物、环节动物、节肢动物、软体动物、脊索动物等等。脊索动物又进一步分为无颌纲鱼形动物、鱼类、两栖动物、爬行动物、鸟类和哺乳动物。我们人类就属于最高等的哺乳动物。这些动物，有的我们不熟悉，有的我们不但熟悉，而且与我们的生活密不可分，如：我们穿的皮衣、毛衣、丝绸，我们吃的肉、蛋、奶，预防疾病接种的疫苗，田里劳作的耕牛，疆场驰骋的战马，家中饲喂的宠物等等，这样的例子真是数不胜数。可以说动物已深入到我们生活中的每一个方面。依偎在妈妈怀里的孩子，听的是大灰狼和小白兔的故事，念的是“小白兔，白又白，两只耳朵竖起来”的童谣，看的是米老鼠和唐老鸭的动画片，两只胖胖的小手上抱的是小狗熊或大熊猫的绒毛玩具。上学的孩子，学的是“狐狸与乌鸦”的寓言，背诵的是“两个黄鹂鸣翠柳，一行白鹭上青天”，“左牵黄，右擎苍，”“西北望，射天狼”。看看我们的梨园舞台，这边是孙悟空大闹天宫，那边是白娘子断桥会许仙。一段孔雀独舞令观众如痴如醉，一曲百鸟朝凤更让听者忘记了自己身置何处。再来看看我们的体坛和画苑：使我们强身健体的五禽戏模仿五种动物的姿态竟是如此惟妙惟肖。齐白石的虾、徐悲鸿的马、黄胄的驴又是多么传神。动物已成为我们生活中的一个不可缺少的组成部分。

人类的许多创造得到动物的启迪。最早的飞机像鸟，更像蜻蜓；潜艇流线形的造型像鱼，更像海豚；斜拉桥的承重受力分布与猎豹身体极为相似。

因为有了生命活动，我们这个家园变得如此充满活力，如此丰富多彩、美丽多姿。

◎我们从哪里来

我们的家园如此美丽，那么它最初是什么样子？它从何而来，又向何而去？千百年来多少人一直在苦苦思索，试图解开这一千古之谜。现在对于地球的过去，答案虽不能说已经完整，至少已有了基本的轮廓。

据科学家们估计，地球的年龄大约有46亿岁。地球和太阳以及太阳系的其他行星一样，都是由宇宙中的巨大气体和尘埃云形成的。在它刚刚形成的时候，是一个沸腾的热度极高的岩质和水汽的混合体。

几百万年过去了，地球渐渐地冷却下来，表面形成一层薄薄的密闭的地壳。水蒸气冷却后成了今天的海洋。我们从20亿年前的化石中知道，最早出现在地球上的生命形式是细菌，然后又逐渐演化出蓝绿色藻类植物。这些植物释放出氧气，氧气从海中逸出，进入大气层，并形成了臭氧层。这个臭氧层隔开了太阳释放出来的致万物于死地的辐射，形成一把巨大的保护伞，庇护着生命向陆地和空中发展，至此，生命发展的条件已完全具备。大约在6亿年前，生命的演化出现了早期的水母、珊瑚等。4.5亿年前，有了三叶虫、鹦鹉螺等。1.5亿年前，整个地球被庞大的恐龙家族统治着，一直延续到6500万年前。恐龙神话般地消失后，却迎来了鸟类和哺乳类的繁荣昌盛。

距今250万年左右，我们的家园里出现了一位重要的新成员—叫作“能人”的猿人。尽管他还不能直立地行走，但却用制造出的粗糙的石器和简陋的遮蔽物宣告了一个崭新的世纪—石器时代的到来。距今15万年前，我们的“能人”站立起来了，成为直立行走的直立人。距今5万年前，现代人—智人亚种出现。到了公元前3000年，史前人类开始使用金属，标志着人类早期文明进入的新的阶段。

在自然状态下，我们的家园一直没有停止过变化。最初，地球

从猿到人的进化

上所有的大陆都是连接在一起的，成为一大块被称为“联合古陆”的超大陆。大约在2亿年前，超大陆开始分裂。到大约1.35亿年的时候，超大陆分裂成两块——冈瓦那大陆和劳拉西亚大陆。前者形成了今天的印度、南美洲的大部分、澳洲和南极洲；后者形成了今天的欧洲、亚洲和北美洲。大陆躺在许多被称为板块的大块固态岩石上，以每年大约2.5厘米的速度缓慢的漂移着，移动的速度大概和我们指甲生长的速度差不多。而且，这种漂移至今仍在进行。当板块漂移发生碰撞或挤压时，就会造成火山、地震和海啸，并且使高山隆起，地壳下陷。号称“世界屋脊”的喜马拉雅山就是这样从一片汪洋中逐渐升高，并且还在继续升高。这种沧海桑田般的变化，是以地质年代为时间尺度单位来展示的。这种缓慢的环境变迁的作用在我们家园的一隅保存下了一些原始的哺乳类，像鸭嘴兽、针鼹等，让我们清楚地看到生命进化的中间环节。

使我们家园旧貌换新颜的另一个主要的因素是气候。从地球形成以来，气候不断地发生周期性变化。全世界各地在地质历史上曾经发生过三次大冰期，即震旦纪冰期和石炭纪、二迭纪冰期及第四纪冰期。离我们最近的第四纪冰期的末期，巨大的冰帽覆盖了世界上三分之一的陆地，北美洲和欧洲的大部分地区都覆盖在冰层之下。我们的庐山、大理等地，也留下了冰川的遗迹。寒冷的冰期，以及冰期末期的海平面上涨，对我们家园的居住者，无疑是一场大的灾难。只有在一些得天独厚的小环境中生活的动植物，才有幸躲过。像红杉属的植物，在恐龙时代曾是北半球的优势种，广泛分布于亚洲和北美的中、高纬度地区。而在经历了第四纪冰期后，仅仅留下了美国的巨杉、海岸红杉和我国被称为“活化石”的水杉种孑遗植物。

在生命进行的漫长岁月中，物种的形成和消亡一直在进行。科学家认为，在地球上存活过的动物和植物已有99%自然灭绝了。当地球上的环境发生重大变化时，有些生物不能适应这种变化，就被大自然无情地淘汰掉，从我们这个家园中消失了。在史前时期，曾经发生过几百种生物大规模同时灭绝的事情，通常都是由于气候急剧变化所引起的。一些物种灭绝了、又有一些新的物种诞生了。“物竞天择，适者生存”，这就是是大自然的法则。在这个法则的约束下，尽管我们的家园发生过巨大的变迁，经历了可怕的灾难，却一次又一次靠着自身的力量恢复到欣欣向荣、生机勃勃的状态。

当人类出现后，特别是人类活动进入工业革命时期，我们的家园有了翻天覆地的变化。一些曾经是动植物生存的地方变成了人类居住的村庄、城镇和都市。一些鱼儿洄游的河流上矗立起了它们难以逾越的大坝。数以万计的人工合成的化学物质进入到我们家园的天空、土壤、河流和海洋，进入到我们家园每个成员的身体里。对于我们的美丽家园，这些化学物质完完全全是陌生的，没有谁会知道它们将给我们的家园带来怎样的命运。

人类数量的急剧增加是我们的家园出现的另一个巨大的变化。当今的地球上，恐怕难以找出第二种像人类这样拥有60多亿之众的大型哺乳类动物。从世界人口增长的速度，我们可以进一步看到这种变化对我们家园的影响的冲击。

在人类出现后的很长一段时期内，我们人口数量增加缓慢。人们认为，在公元元年，世界人口大约为3亿左右。自那时起一直保持到18世纪中叶,人口增至8亿。世界人口大约每1500年增加一倍。如果我们一直保持这样的增长率,那么,要到第四个1000年,即公元3250年,世界人口才达到16亿。然而,无情的事实是从1800年起,人口增长速度开始加快,到1900年,世界人口已达17亿。仅仅用了150年而不是1500年,人口就增加了一倍。到1950年,世界人口增至25亿。这一次人口倍增,用了不到100年的时间。而在1950年到1987年短短的37年,人口又增加了一倍,达50亿。2000年,全世界的人口超过60亿,预计到2015年,人口总数将达到70亿。在20世纪的最后十年中,世界增加的人口相当于一个印度——一个占世界人口第二位的国家。在公元元年后的第一个1000年中,世界人口稳定在3亿左右,而在第二个1000年中,猛增到了近60亿!罗伯特·里佩托曾作过这样的计算:如果世界人口按每年1.67%的年增长率继续增加,到2667年时,地球上除了南极洲以外,所有的陆地表面都会挤满人。如果冰冷的南极也能居住的话,也只能再为7年中增长的人口提供个立足之处!

如果世界真的是按罗伯特·里佩托所说的那样继续变化,我们的家园,我们富饶而美丽的家园,我们全人类的朋友——动植物共有的家园最终将会是什么样子?我们已经大概知晓了它从何处而来,我们还能把握它向何处而去吗?

◎共同的家园

如果我们按照施里达斯·拉夫尔的形象描绘。将几亿年的地质年代压缩为易于把握的时间尺度,用1年代表5000万年的话(姑且称为家园时间),我们就会清楚地看到人类在地球——我们这个家园中的位置。从太阳系形成开始到现在,家园时间为92年。在家园时间32年以后,地球之海才出现了最早的生命。又过了50年,当家园已经84岁时,最早的动植物才刚刚出现。在最后一次冰河期期间,也就是家园时间8小时以前,现代人类才开始在地球上繁衍。在此时,我们的家园已有92年的历史,而人类在其中却只生活了不到一天。当人类诞生时,家园里早已是一片富饶之地。到处是各种奇花异草,珍禽异兽。人类在这个生物的大家庭中不过是个新生的婴儿，是地球家园里的新成员。

但这个新生的婴儿却拥有着神奇的力量。他在数小时中发展了农业技术，大大地提高了家园支持生命的能力。在5分钟之前，他开始了工业革命，一次产生了奇妙的创造性和难以置信的破坏性的社会剧变。工业革命使居住在世界各地不同民族、不同肤色的人们彼此在空间上的距离大大缩小了。对于生活在中国的人来说，北美的加拿大、南太平洋的澳大利亚都已不再是遥远不可及的国度了。

随着全球经济的发展，人们在创造更加丰富的物质文明的过程中，也对我们的生存环境产生了前所未有的影响。

臭氧层耗竭，全球变暖并不只是影响一个或几个国家，而是影响整个全球；西欧和中欧发电厂排放的二氧化硫和氮氧化物既影响了挪威，也影响了瑞典；切尔诺贝利的核尘埃飘到了远在冰岛的农场；尼泊尔的森林砍伐导致了孟加拉的洪水泛滥；埃塞俄比亚森林砍伐造成了苏丹和埃及的供水短缺；北半球氯氟烃的排放增大了澳大利亚和阿根廷居民患皮肤癌的危险性；矿物燃料的燃烧和其它工业活动排出的气体引起全球气候变化。由此可见，国界可以将各个国家区分开，但却无法将共同的环境问题分隔开。

因此，环境问题一无论它们是以全球的、越境的或国家的形式表现出来，归根结底是国际问题，它们无法在一个国家的范围内全面地解决。

人类能够从全球角度看待并统一行动起来对待环境问题，是经过长期努力达成的共识。1972年，联合国人类环境会议在瑞典的斯德哥尔摩召开，会议发表了人类环境宣言。这次会议是一个里程碑，它标志着全人类已将环境问题放到了全球议事日程上。各国代表首次集合在一起，研究地球的现状。它提高了全世界对污染的认识，并展开了，关于环境参数的辩论。作为会议结果之一，在内罗毕设立了联合国环境规划署总部。1987年，由任联合国世界环境与发展委员会主席的挪威首相格罗·哈莱姆·布伦特兰夫人提出了可持续发展理论："既满足当代人的需要，又不对后代人满足其需要的能力构成危害的发展。"1992年6月，在巴西的里约热内卢首次召开由世界各国首脑参加的联合国环境与发展大会。会议通过并签署了一系列重要文件。

环境问题终于使人类走到了一起，因为我们毕竟只有一个地球，一个全人类共同的家园。

◎唯一的家园

茫茫宇宙，哪里有我们的地球生命的朋友；浩瀚星空，哪里有我们地球文明的知音？千百年来，人类一直没有放弃在这无边无际的宇宙中寻找其他生命形式的探索。

北京沙尘暴

“嫦娥奔月”是中国古代的一个美丽传说。那时由于科学还不够发达，人们无法详细了解这个在太空中离我们最近的邻居。当中秋之夜，一轮皎洁的明月高悬在万里无云的天空。人们举头望月，看着上面依稀可辨的黑影，猜想那可能是月亮上的山或水，猜想月亮可能是仙人的居所。直到17世纪发明了望远镜以后，人们才真正开始了解宇宙。1969年7月，美国宇航员尼尔·阿姆斯特朗从“阿波罗11号”登月小艇上走下来，成为登上月球的第一个人。

经过科学探测，人们了解到月球是一个荒凉而寂静的世界。它没有大气层，不能像地球那样保持一定的温度，白天吸收太阳的辐射，温度高达115℃，而到了漆黑的夜晚，温度骤然下降到－160℃。月球上没有生物所需要的水，到处布满棕黑色尘土，根本没有生命的迹象。

人们又把探索的目光投向与地球同属太阳系的其他星球。结果发现：水星——离太阳最近，它既无大气层，又无海洋，它那布满岩石的表面温度约有350℃,不可能有生命;金星——表面覆盖着浓厚云层。所吸收的太阳能使金星成为太阳系中"热情"最高的行星。金星表面的温度高达480℃。火星——曾经被寄予最大希望的行星,人们甚至构想出了"火星叔叔"的音容笑貌和他来到地球作客发生的故事。但迄今为止,探测的结果同样令人失望。火星是个干旱而寒冷的红色行星。它的表面也布满了岩石,最低温度大约为-222℃,最高温度30℃,大气中二氧化碳占95%,氧气极少。经常刮着大风暴。它的两极覆盖着冰帽带和凝固气团。人们继续探测了木星、土星、天王星、……都没有发现生命的迹象,人们还在执著地寻找着。天空探测器"旅行者2号"在成功飞行十多年,向地球发回所拍摄到的大量行星照片后,于1990年,又踏上更为遥远的旅途,飞出了太阳系,飞向茫茫的宇宙……

到目前为止,我们只知道地球是太阳系中唯一拥有生命的星球。但宇宙中有千千万万个像太阳一样的恒星,其中许多都有自己的行星。那些星系上也可能和地球一样有生命存在。不过在太阳系以外距我们最近的恒星,也有4光年,4×95亿公里之遥。如果我们假设在这颗恒星所统帅的某一行星上有和我们人类一样的智慧生物,那么,依现在科学发展的水平,当我们以光的速度对他们大声说:"你好",收到回答时就已过去了8年。

人类把目光重新移回到我们居住的可爱的地球。

鲁斯·坎贝尔说:"我登上月球时最强烈的感受是对地球爱之弥深。"他认为地球不仅有值得夸耀的、冷热宜人的气温变化,而且有美妙的大气层;它有人人称赞的斜轴,造成了四季的变化;它自转一圈的速度为24小时,恰到好处,如果像土星一样,10小时自转一次,那就要不断地上床起床了;地球的重力虽说可使你在1米高跌下来也可能摔断腿,可房子却不会被风轻易吹走。

驾"太阳神"8号太空舱绕月飞行的安德斯上校在接受电视采访时曾说过,他觉得最为惊奇的是地球的色彩和渺小。他说:"我觉得大家应该同心协力,维护这个微小、美丽而脆弱的星球",因为它是我们人类唯一的家园。

动物的王国

动物是多细胞真核生命体中的一大类群，称之为动物界。一般不能将无机物合成有机物，只能以有机物（植物、动物或微生物）为食料，因此具有与植物不同的形态结构和生理功能，以进行摄食、消化、吸收、呼吸、循环、排泄、感觉、运动和繁殖等生命活动。动物的分类动物学根据自然界动物的形态、身体内部构造、胚胎发育的特点、生理习性、生活的地理环境等特征，将特征相同或相似的动物归为同一类。成为脊索动物和无脊索动物两大类。

◎陆地上最大的动物——非洲大象

世界上的大象分两种，一种叫亚洲大象，一种叫非洲大象。亚洲大象也很大，一头足足有一台“解放牌”汽车重呢！但是，它在世界陆地上还不是最大的动物。那么，世界陆地上最大的动物是谁呢？是非洲大象。

一头非洲雄性大象，长到十五岁左右的时候，它的身长就达到了八米以上，身高达到四米上下，体重达到七至八吨，即一万四千斤至一万六千斤。

非洲大象

非洲大象，同亚洲大象相比，其特点：不仅

个大，体重，而且不论雄象、雌象都生长象牙，耳朵既大又圆。睡觉的时候，不像亚洲象站着睡，而是卧下睡，不然，它不能安然地进入梦乡。

非洲大象出生以后，哺乳期大约为两年的时间，长到12岁至15岁时才是“婚配”的年龄，24岁至26岁时才停止长个。

在陆地上的哺乳动物中，大象的怀孕期是比较长的，一年半至两年才能生下小象。小象一落地，就有1米高、200斤重。在自然界里，象的繁殖率比较低，大约要相隔五六年的时间才生育一次。它们能活多长时间呢？在正常的情况下，其寿命可达60岁，有的可活到100岁的高龄。

非洲大象，喜欢群居。一般是二十至三十头为一群，多者可达百头。大象生活在一起，活动有一定的范围和路线，不乱跑乱走。出去找食，一般是在早晚时间。它们活动的时候，为了保护幼象，排成长长的大队：成年的雄象走在前头，任领队，幼象走在中间，成年的母象走在队伍的后头。

在陆地上的哺乳动物中，大象的嗅觉也是最灵敏的，可以与犬相比。但是，它比犬聪明，能帮助人类做很多很多的事。比如，运输物资啦，看小孩啦，守门啦，陪同主人出猎啦，还能在马戏团、杂技团里当敲鼓、吹号、杂耍“演员”。

◎最高的动物——长颈鹿

长颈鹿生长在非洲，它在目前世界上四千余种哺乳动物中是最高的动物。那么它高到什么程度呢？据赴非洲进行科学考察的动物学家实地测量，成年的雄性长颈鹿，身高一般都在五米以上，特别高的可达六米，雌性稍矮一些，但身高也有五米左右。它们的体重，一般都在一千六百斤上下，特别重的能到一吨。1959年从肯尼亚运到英格兰契斯特动物园饲养的名叫“乔治”的长颈鹿，在饲养人员给它测量身高时，已到六米以上。技术人员又量它的脖子，其长度竟超过了三米五。所以，也有人叫它“长脖子”鹿。

长颈鹿的个头虽然这样高大，但是人们在森林中却不容易发现它们，这是为什么呢？因为长颈鹿的头小，身上又布满了网状块

长颈鹿

斑纹，在丛林和树荫下，就很难被发现。长颈鹿的脖子用处可多了：一是觅食的工具。因为非洲的树大部分下边的枝叶很少，而且鲜枝嫩叶均长在树头部分。树的这种现象，是非洲雨季的洪水和旱季的大风造成的，这给一些食植物的动物带来了极大的不便。但对长颈鹿来说，却是再妙不过的了，它慢条斯理地走到树下，找好角度站稳后，它一昂起长脖子，伸出长舌头，就可以大口大口地吃到嘴里。二是斗争的武器。野兽要生存，除靠皮毛的颜色隐蔽外，还要有自卫的战斗武器。有些动物的武器是利剑似的牙齿，有些动物是自己的长而坚硬的双角，长颈鹿的武器则是它那长长的脖子。它用它那长脖子打仗是非常有趣的。如两只雄长颈鹿争一只雌鹿时，它们就用长脖子互相缠绕着撕杀、格斗。一会儿它把它缠倒了，一会儿它又把它缠倒了，几经搏斗，弱者被强者的脖子缠绕住，迫使弱者的头低到蹄子为止，真是“铁箍使头低，败者势如泥”。三是观察敌情的“瞭望台”。非洲的野生动物特别多，其中有不少是肉食性的猛兽，这些猛兽对跑得慢的长颈鹿是很大威胁。但是，在对付这些猛兽时，长颈鹿的长脖子就起作用了。它吃饱以后，常常是站在树荫下休息。为了安全，它就高昂起小脑袋观察敌情，一发现有猛兽出现，它就立刻逃之夭夭。另外，在旱季到来时，水塘是成为一些动物的争夺之地。长颈鹿喝水时，也是先瞭望，后低头饮水。这样，为了保护自身不被猛兽吃掉，它的长脖子“瞭望台”，起了大作用。

据科学家在20世纪五十年代调查，生活在非洲的长颈鹿，大约有十个亚种以上。区分它们的亚种，是根据两个特点：一是皮毛的不同型状，二是毛色的不同纹斑。其中，代表性的亚种是“东非长颈鹿”，它主要分布在非洲之东部和东北部。

长颈鹿同北方的驯鹿一样，也是雌雄都长角，不同的是雌鹿的角比雄鹿短一些，细一些。它们茸的营养价值与其它。鹿茸相仿。

长颈鹿，多在春秋两季发情、交尾。母鹿怀孕期为七至八个月，每胎产一仔，也有极少数产双仔的。寿命二十年左右。

长颈鹿的形象奇特，所以它是人们喜爱的珍贵观赏动物。

◎最香的动物——麝

麝，俗称香獐子，形象似鹿，但比鹿小，不长角，后腿比前腿长，尾巴短小，毛色有黑褐和灰褐两种。雄麝和雌麝的不同处是：雄麝的犬齿发达，露于嘴外，肚脐和生殖器中间有一个能分泌麝香的腺囊。

麝

我国常见的麝有三种，即林麝、马麝、原麝。

林麝小巧玲珑，善于登高，攀山如箭，穿山如飞。而且它的警惕性高，一有风吹草动，马上隐蔽，所以，捕到它是很困难的。它的自然分布区主要在四川省西南部和西藏自治区东北部 2400 至 3800 米的高寒山区。

马麝是我国麝中的“大个子”，也是高山“居民”。它的生活地区在青海和西藏的 2000 至 4000 米的群山中。

原麝体型中等，活动于不超过 2000 米的山区。主要分布于东北各省、内蒙古自治区、河北和安徽省的山区。

麝香，是驰名世界的名贵中药材，具有茅香开窍、通经活络、活血定痛、消炎解毒等特效功能。治疗中风偏瘫、痈疽肿毒、心血管病、跌打损伤以及喉炎等效果显著。在被誉为“中药三宝”的“牛黄安宫丸”,“复方至宝丹”、“紫雪散”中都有麝香的成份。

雄麝从香腺中分泌出香气,主要以此异香招引“新娘”。在秋高气爽的傍晚,雄麝昂头健步,攀上山岩,顺风站立,将充满香液的生殖器张开,香气便像炊烟似的弥散于林间,雌麝在三里以外即能闻到。而后,雌麝就扑香而来。有人风趣地说,麝的婚姻是香为媒。雌麝的怀孕期为五至六个月,一般在翌年的五月下旬或六月初产仔。每胎一仔,偶尔也有产双仔的,但只能成活一仔。麝的寿命较短,只有十年左右。

麝有一个致命的弱点——胆子小,一有动静,就很快隐没于林从之中,它一生都是在心惊胆战之中度过的。麝还有一个特性:有固定的活动、觅食、休息区域,从不乱窜和互相侵占。如有猎人或大型食肉猛兽追捕,它们就暂时离开“住地”,危险一过,很快又潜回原栖息之所。猎人和其它猛兽,往往利用麝这一特点而成功地捕捉住它们。

为有效地保护这一珍贵野生动物资源,我国从 1958 年已开始人工饲养。现在许多国家的科学家来我国访问,参观科学养麝。

◎奔跑得最快的动物——猎豹

在四条腿的动物中,跑得最快的是猎豹,可以说是绝对“冠军”。

猎豹为什么能跑得这样快呢?有两条因素:第一,它的身型是前高后矮,腰特别细长,前腿细高,裆宽,后腿细长,而且弯度还大,胸阔,肺大,鼻孔粗,呼吸量大,四只蹄子下有很厚的肉垫,这是它能狂奔疾跑的先天条件。第二,是它捕食猎物的方式所决定的。猎豹在现代动物学上属哺乳纲,裂足食肉目中的猫科动物。现代猫科中的大型食肉类动物,如老虎、雄狮以及其它豹类等,它们扑食的方式是站在高处远眺,发现猎物时,抄近路疾走;当与目标相距一定的距离时,便伏下,悄悄地接近目标;在距猎物五至十五米左右时,它又潜伏下来,稍事休息,尔后大吼一声扑向目标。在猎物不知所措时，猛地一口咬住猎物的咽喉，任凭猎物反抗、挣扎，也死咬住不松口。待猎物因喉管或大动脉被咬断而死它才松口，而后将猎物拖向洞旁或隐蔽处吃掉。猎豹则与这些猫科动物扑食的方式不同，它只要在半公里的距离内发现目标，便穷追不放，而且它越跑速度越快。有的动物学家形容它起跑时像出膛的炮弹一般，嗖地一下就不见了。在非洲考察野生动物的科学家说，清晨和傍晚，常常看到猎豹腾云驾雾一般追击猎物。但是，他们看到的只是腾起的灰尘、细砂构成的尘雾，却看不见猎豹和它追击的目标。当考察者飞车追到时，看到的则是猎豹吃剩的残骸，却不见猎豹的去向了。

猎豹

猎豹奔跑的速度，动物学家作过较为准确的科学测定。在非洲草原上，它长距离的奔跑，每小时能跑 60～70 公里；短距离就更快，每小时可达 130～140 公里，比一般汽车快多了；如果在丛林地带奔跑，它的速度要慢一些。

猎豹大部分生活在非洲原野。据说，现在非洲只有大约一万头猎豹了。目前生活在非洲的猎豹大约有三个亚种，亚洲有一个亚种。亚洲的亚种主要分布在印度、伊朗等地。

◎最凶猛的食肉动物——藏獒

西藏獒犬，体重 70～95kg，身高超过 70cm，原产中国西藏，也有人说其祖先是马士提夫犬。但事实是该犬种目前仍散居在靠近尼泊尔的西藏高原境内，而且一直为当地居民守护着家畜及村落。

西藏獒犬属大型犬，长相头部大而方，额面较宽，黑黄色的眼睛，耳末端稍圆低垂，耳部被毛短而柔顺。体格强健，四肢发达，尾巴高扬并卷曲于背上。颜色以黑为多，也有黄色、白色、青色和灰色等。性格刚毅忠诚，凶猛有力，善于攻击敌人。听见其震撼的吼吠声，熊和豹都会避其三分。马可波罗曾形容该犬是“拥有如骡般的高大体魄与如狮子般雄壮的声音之犬”。西藏獒犬因体型大，需要较大的活动空间和运动量，脾气暴躁，不适宜一般家庭饲养。

成吉思汗横扫欧洲的时候就有一支 20000 只藏獒组成的先锋队，令敌人闻风丧胆。自此，藏獒闻名于世。

藏獒

至于为什么养藏獒而不养狼，是因为狼的天性不容易驯服，天生的具有排外特性。一只藏獒你从小喂到大，他会对你百依百顺，而狼你就是每天请他吃海鲜，也一样不会任你摆布。

藏獒与虎豹狮一样，其格斗捕杀特点为：猛扑上来，用嘴和利牙直接封喉，封喉后就死咬住不松口，直到对方毙命。普通犬类的攻击一般是咬对方的腹部和腿。七十年代西藏边防工团的张副团长就曾亲眼看见一只大藏獒在二分钟内，就将一匹部队战马的喉管咬断毙命，这就是直接封喉。中国古代，很多从边疆返朝的武将、王孙公侯都将藏獒携往京城做护院之用，或者作为朝贡胜品。而藏獒在欧洲古罗马时代的斗技场中，因其能与虎狮豺等凶猛野兽搏斗，而驰名世界。另外，藏獒虽然对敌人如此凶狠，可它对自己的主人却非常的忠诚与温顺。对敌兽的凶狠，也正体现出了藏骜对主人的忠心。

◎最臭的动物——美洲臭鼬

一些弱小的动物，有捍卫自己安全与生命的奇特本领。美洲的臭鼬，就是靠它放臭气的本领驱逐“敌人”的。当它遇到“敌人”或者发现“敌人”追捕时，立即抢占上风头放臭气。这一招很灵，能转危为安，化险为夷，百战百胜。

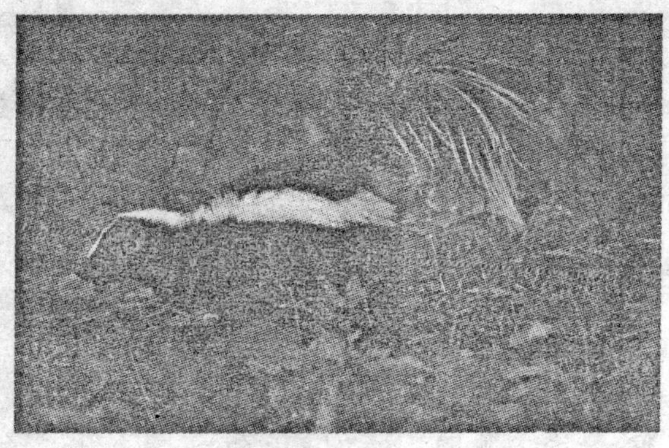
美洲臭鼬

臭鼬很小，像哈巴狗。身子细长，四肢短小，唇上长须，毛有黄褐色、棕色、灰色等。出奇的是，它的尾巴却很粗大。它放臭气时，就把粗大的尾巴翘了起来。

美洲臭鼬，一般生活在浅山、半山区和草原地带的深处。夜间出洞捕食鸟类、蛙类和小型哺乳动物，白天躲在洞里睡大觉。当它出洞觅食与大型食肉性动物遭遇时，它即以迅雷不及掩耳之势跑出一百米左右，抢到上风头或高岗处，傲慢地停在那里，把蓬松松的长而粗大的尾巴高高举起，从肛门里放臭气。臭气极其难闻，在半公里之内能熏倒猎人，臭跑猎狗。在 200 至 300 米的距离内，任何凶猛的动物不敢接近。它施放的这种气体沾到人所穿的衣服上，很难洗掉其臭味。它就是凭着这种本事生存和横行无阻的。

◎最大的海洋动物——蓝鲸

鲸生活在海洋里，有九十多种。其中，蓝鲸最大。如果，把世界上的整个动物比做羊群的话，它就是羊群里的骆驼！再打个比方：一条成年的蓝鲸，它的体积足足有三间房子大哩。啊！真是个庞然大物。

为了具体地看出它的大小，让我们用尺把它量量、使称把它称称吧。它有多长呢？嘿！长达三、四十米；它有多重呢？呀！重到一百三四十吨。这个重量，换句话说，就是二三十万斤。据说，还有超过这个重量的呢。

蓝鲸

我们还可以把它解剖开，分别看看它各个部位的重量：肉约五六十吨，脂肪二三十吨，骨二十多吨，内脏（肠、肚、心、肝、肺）三四吨，舌头三四吨，血也有好几吨呢。

蓝鲸，又名剃刀鲸。因为它的个头太大，只在深海生活，很少游向近海或浅海。在一年之中，它在南半球海域生活半年，在北半球海域生活半年。据说，它最喜欢在南极洲附近的海域生活。什么原因呢？这里有大量的，它最喜欢吃的鳞虾及其它浮游生物。

你看怪不怪？达样的庞然大物，却专吃个体小的东西，由予它个大，吃的东西又小，所以它一次能吃很多很多。科学家考察证明，它一口能吸进肚子里几十吨海水，其中有一、两吨鳞虾和共它浮游生物。它把嘴一闭，就把海水从嘴边的须片空隙及鼻腔上边的两个大排气孔中排出去了。

蓝鲸也生儿育女。生养方式是很奇特的。在春暖花开的季节里，雄、雌蓝鲸，在南极的浅海域追逐、求爱。雌鲸怀孕期十二个月（也有长达二十四个月的）。分娩时，“夫妻”双双由深海游向温暖浅海湾，算是住进“产院”。达时，雌鲸肚皮朝上仰浮在海面上，雄鲸守在“爱妻”的身旁，用自己的鳍轻轻地、不停地拍打着“妻子”的腹部。雌鲸几经阵痛之后，“婴儿”就出世了。小鲸一离母腹，身长就有三米，体重就达两吨，就能跟随父母旅游了。七个月以后，雌鲸才为小鲸断奶；六十个月以后，也就是五年以后，小鲸长大“成人”了，它便告别“母亲”，游向它乡，去寻找情投意合的伴侣去了。

鲸，是我们人类社会的珍贵自然资源。鲸脂肪，可以提炼工业生产使用的多种规格的润滑油、医用鱼肝油和高级香料；鲸肉，可以制罐头和禽类的高级饲料；鲸皮，可以制革；鲸须，是制作高级工艺品的贵重原料；鲸骨，可以制成高效有机肥料，使粮食增产。

◎最珍贵的动物——大熊猫

大熊猫，是我国特产的一种稀有的珍贵动物。它的身长四尺到五尺，短尾巴，四肢、两耳、眼圈黑褐色，其余部位雪白，毛粗厚耐寒，样子像熊，逗人喜爱，人们习惯叫它熊猫，也叫大熊猫和火猫熊，生活在我国西南地区高山中，食竹叶、竹笋。目前，它是全世界最珍贵的动物。

据资料记载，在距今三百万年前，大熊猫普生世界各地；在一百万年前，东南亚和我国东南沿海诸省都有大熊猫的足迹；后来，由于自然条件的变化，大熊猫的生活环境越来越小，现在它们生活的地域只有我国的秦岭一带了。具体一点儿说，分布点只有四川阿坝藏族自治州汶川县境内的“卧龙自然保护区”和甘肃省甘南藏族自治州的文县“王朗自然保护区”。这两个自然保护区，地处北纬 35 度，东经 105 度一带。卧龙自然保护区的面积为二十万公顷。在这两个自然保护区里，大约有不足一千只大熊猫。

秦岭地区的气候特点是冬天不太冷，夏天不太热，年平均气温在十度左右。这里箭竹、冷箭竹茂密，水源丰富，为大熊猫提供了天然的“粮食”。大熊猫的主食是各种箭竹，特别喜欢吃冷箭竹，因为这种竹子甜脆、多汁。它们偶尔也吃竹鼠，换换胃口。

大熊猫成熟得较慢。幼兽出生时，体重仅有 90～130 克重，身长只有 10 厘米，尾长为当时身长的三分之一，不能睁眼，全身呈肉红色，只有极为稀疏的白色胎毛；一周过后，耳朵及双眼的周围开始出现微黑；一个月后毛色便变得与成年大熊猫大致相同了；五十天左右时，双眼能睁开一点缝；两个月后能看到跟前的东西，以后视力逐步提高；六至七个月后，乳牙长齐，开始艰难的自由行走，同时，能啃一些嫩竹；四至五年后，脱离母亲，独立生活；六至七年后发育成

△ 大熊猫

熟。春季发情，交尾后雌雄分离，母兽怀孕期半年左右，秋季产仔。除野生大熊猫外，我国的一些较大的动物园里，饲养有大熊猫五十只左右。另外，北京动物园人工授精繁殖大熊猫已获成功。

大熊猫的经济和科学研究价值极高，是各国极受欢迎的野生动物。

动物园和动物表演中最受欢迎的动物也是熊猫。据悉国外动物园中存活的大熊猫仅有 14 只，最大的大熊猫动物保护区是四川汶川县的卧龙动物保护区，面积 20 万公顷。区内有中国保护大熊猫研究中心和熊猫饲养繁殖中心。第一次用人工授精繁殖成功的大熊猫叫元晶。1978 年 4 月，北京动物园的科技人员给四只雌性熊猫进行了人工授精，只有一只八岁的熊猫娟娟受孕，138 天(9 月 8 日)后，娟娟产下一胎两仔，仅一只存活，取名元晶。这也是世界范围内人工授精成功的第一只大熊猫。“元晶”出生时体重 125 克，7 个月后体重达 25 公斤。第一只人工育活的大熊猫叫“争争”，1983 年 9 月北京动物园人工授精成功产下了雄性大熊猫“争争”，因其母患病死去，不得不改为人工饲养。1984 年 4 月“争争”已由出生时的 200 克长至 18 千克，体长由 18.4 厘米长至 90 厘米，人工育活的“争争”也创了个世界第一。最顽皮的大熊猫名字很好听，叫“白雪公主”。1994 年 9 月 7 日被送至苏州郊区上方山国家森林公园展出。9 月 16 日下午她扒开铁笼逃上山。苏州各方组织上千

人上山搜索，四次发现她的踪迹都没有逮住，12 月 5 日终于被“抓回”。

◎最聪明的动物——黑猩猩

许多科学家经过长期考察和测验，现在生活在赤道非洲区域里的五至六个亚种的黑猩猩，是目前世界上四千多种哺乳动物中仅次于人类的最聪明的野生动物。它大脑的大小虽然只有 400 毫升，不如大猩猩有 500 毫升。但是，它的脑功能却特别显著。

黑猩猩

对黑猩猩的聪明智慧和黑猩猩“社会”进行过系统调查的是英国的珍妮·古多尔。珍妮是英国猿类动物学教授、黑猩猩专家。她为了研究黑猩猩，在非洲同黑猩猩一起生活了二十来年。珍妮 1960 年中学毕业时仅十八岁，因强烈的兴趣和爱好心所驱使，她通过当时坦桑尼亚内罗华自然博物馆馆长路易斯·利基的关系，深入到非洲的热带雨林中，在那儿工作了二十多年，并在那儿结婚，生孩子，在她近四十岁时，还仍然同她的丈夫——电影摄影师雨果，生活在热带非洲。他们拍了很多介绍黑猩猩的电影，珍妮还写了很多关于黑猩猩的著作。

据珍妮介绍，黑猩猩是按地区分为种群的。在坦桑尼亚贡贝地区的卡搬开拉热带雨林里有一个黑猩猩种群，这一群黑猩猩大约有六十只，占领的地盘大约有八平方公里。其中有一位首领，成年的雄黑猩猩和雌黑猩猩各有七八只，其余均为幼仔。在二十来年的时间里，这群黑猩猩三易首领。起初的首领叫“白胡子大卫”，后来换上“戈利亚”当首领，最后得到王位的是“马利克”。黑猩猩社会基本上是母系制的。一只母黑猩猩领两至三只幼仔为一个家族，在大的种群中又以家族分为小群，它们是“群婚制”。黑猩猩主要吃植物，特别喜欢吃热带雨林中无花果树上结的浆果，有时也吃肉。老母黑猩猩还特别喜欢吃蚂蚁，有一只四十多岁的老母黑猩猩，叫“莢洛”，它专门用草棍“钓”蚂蚁吃。黑猩猩会简单地制造工具，如树枝叉多，它可以掰去；石块大，它打成小块；草棍上叶多，它可以用手撸掉等等。

黑猩猩常常进行战争。据珍妮说，1970 年在贡贝地区的卡撒开拉的黑猩猩群体不知是什么原因，有七只雄猩猩和三只雌猩猩带着它们的后代移居到南部的加哈玛地区的原始森林里去了。到 1977 年，南方和北方的群体不断进行“战争”。当年北方群落中的五只雄猩猩共同抱住了南方群体一只雄猩猩，把它打成重伤，被打伤的那只雄猩猩不久死去。一个月后，南方群体中的又一头黑猩猩落入北方三只雄黑猩猩之手，被它们撕打后，不几天也一命归天。后来，加上病死的，南方群体只剩下一只雄兽了。此后不久，这一只唯一的雄兽又被北方的强手打断了一条腿，没过几天也见“上帝”去了。就这样，北方征服了南方，结束了几年的“南北战争”。

经过训练，黑猩猩能做简单的劳动，如搬凳子，洗衣服，拿自己用的碗筷，用钥匙开门，划火柴给人点烟，拧开啤酒瓶盖等。一些国家的动物学家还教会一些黑猩猩用符号、手势说话。如六十年代美国一科学家就教会了她饲养的名叫“沃肖”的黑猩猩用手势说 132 句话，

黑猩猩不仅能接受科学家对它们智力的科学训练，而且也能充当杂技团、马戏团的“演员”，其精彩“表演”往往博得观众喝彩。

黑猩猩的自然分布区域很狭窄。共五六个亚种，基本上分布于非洲的尼日利亚、扎伊尔、坦桑尼亚等国。

黑猩猩的生殖情况，与其它两种猩猩相差无几。据珍妮几十年观察，黑猩猩是群婚制的动物，在不是一个母系，不是一个家族的性别不同的成兽之间互相交配，但在母与子、父与女、弟与姊、兄

与妹之间从来不发生性来往。在一个大的种群里的家族之间是通婚的。黑猩猩的性成熟期，基本上与人类相差不多。幼兽生下后，哺乳期二至三年。在“婴儿”断奶后母兽才再发情，基本上每隔一个月来一次“月经”，受孕后“月经”即断，妊娠期为几个月，每胎生一仔，但偶尔也有生二仔的。生一胎后，需再过三至五年才能生第二胎。幼兽九至十四年发育成熟(雌兽早于雄兽)。雌猩猩长到九岁，就可以同别的家族的雄兽成家了。雄兽到十二至十四岁时也可以到不同母系的家族中“求婚”。黑猩猩的自然寿命为四十五年左右。

◎最能忍饥渴的动物——骆驼

被誉为“沙漠之舟”的骆驼，在哺乳动物中是最能忍饥、耐渴的动物。许多科学家研究表明：骆驼的身上的每个细胞都具有既能储存营养物质，又能储存水分的功能。特别是驼峰，是储存营养物质的特殊部位，被称为营养物质的“储备库”。因而，驼峰的差异，是标明骆驼优与劣的准星。驼峰高祟，丰满，说明它体质强壮。沙漠地区的牧民买骆驼时，第一眼看驼峰，尔后再看皮毛、牙和眼神。

骆驼的样子看着挺笨，但在沙漠上行走却是个能手。一只骆驼驮上 200 公斤重的货物，在沙漠里每小时能走 15～20 公里。它还具有预知风暴来临的能力，能在一公里距离内嗅到水源地。

现在世界上分两种骆驼：一是亚洲骆驼，原名为亚细亚驼，又叫双峰驼。目前主要分布于亚洲中部偏北的地区，如中国的西北地区、内蒙古地区、蒙古人民共和国和俄罗斯中亚地区、阿富汗、巴基斯坦以及印度西北部地区等。亚洲骆驼个头大，体质健壮，驮运力强。二是非洲驼，又叫单峰驼、阿拉伯驼。主要分布于非洲及中东地区。与亚洲驼相比，它身单体弱，但耐渴力强于亚洲驼。非洲驼全是人工饲养，无野生的品种存在了。亚洲的骆驼，还有野生的品种残存于中国新疆维吾尔族自治区的塔里木盆地，被视为极珍贵的野生动物。我国政府已将其列为严格禁止捕猎的野生动物之一。

骆驼一般在春季发情、交尾。雌驼怀孕期 12～13 个月，每胎产一仔，自然寿命在20～30年之间。

◎最大的老虎——东北虎

现在全世界上老虎的数量，据说只有六千只左右，其中百分之五十生活在印度境内。

老虎的品种也只剩七至八个亚种了。动物学家们将这些虎称为：

孟加拉虎，也叫印度虎，体型中等，分布于孟加拉、印度、泰国、尼泊尔、巴基斯坦等国境内。

东南亚虎，又叫印度支那虎，体型稍小于孟加拉虎。毛色比孟加拉虎深，条纹较多，分布于越南，柬埔寨、老挝、缅甸和中国云南省的南部边境一带地区。

伊朗虎，又叫里海虎，体型也较小，分布于伊朗、伊拉克、土耳共和前苏联中亚细亚地区。

△ 东北虎

爪哇虎，苏门答腊虎，巴里虎（是世界上体型最小的虎，据说目前爪哇虎，巴里虎已灭绝），这三种虎均分布在号称“千岛之国”的印度尼西亚境内。

东北虎，它称呼较多，如满洲虎、乌苏里虎，西伯利亚虎、长白山虎、长毛虎等等。东北虎，是目前全世界仅存的八种老虎中的“彪形大汉”，是虎群之中的“魁星”、“冠军”。那么它有多大呢？五岁以上的雄性东北虎，在食物丰富地区生活，身长可达三米五至四米，体重可达六百华斤以上。另外一个特点是色淡、毛长、绒密，故有长毛虎、淡毛虎之称。目前，东北虎的自然分布地区，大约是从中国东北地区的东部山区到朝鲜半岛的北部山区以及俄罗斯西伯利亚的原始森林之中，其总数(野生的)据说不足二百只了。

生活在自然环境里的东北虎，长到五岁时，才能达到性成熟的阶段(在动物园里饲养的成熟较早)，繁殖能力也较低。凡是达到生育阶段和具有生育能力的母虎，生育一次后，要隔四至五年才能繁殖第二窝。但在公园里人工饲养的条件下，可以做到一年一胎。东北虎多在寒冷的季节里发情，喜欢在冰天雪地里求偶“婚配”。在这期间(十二月到翌年一月)，雄虎难以安静，穿越于深山老林之间，一边狂奔，一边猛吼，去寻找“新娘”。交配后，雄虎即远走他乡。母虎怀孕后，寻一山深林密之处定居下来，90～120 天即可产仔。一般每胎生二至四只小虎，生育旺期的母虎，也有生五至六只的，但这种情况很少。初生的幼虎在十五天内不能睁眼；一个月后才能够活动；三个月后能随母虎出窝，但有风吹草动，则马上潜回洞穴；半年后即能随母虎远走了；三至四岁时方能独立觅食；五岁后告辞“母亲”，远离“家乡”去寻求配偶。

老虎，特别是东北虎，多居在偏远山区的原始森林里，而且多在夜间活动，一般情况下，是深夜十点钟以后出来，到第二天黎明前回“家”睡觉。所以，人很少能遇见它们，偶尔遇见的，也多是幼虎或年老变态的虎。东北虎所吃的食物，主要是各种鹿、狍子、野猪等，很少为害人畜。它们的寿命一般在二十至三十年之间。

东北虎的经济价值很高：①它是纯肉食性动物，可以消灭一定数量的危害林业、农业的害兽(如野猪)，有保持自然界生态平衡的作用；②早已成为动物园中不可缺少的珍贵观赏动物。在全世界较为出名的 77 个大型动物园中，共饲养东北虎 296 只(雄虎 128 只，雌虎 168 只)。我国的几大动物园中共饲养东北虎 75 只；③它全身是“宝”，头、腿骨是驰名中外的贵重药材，有追风定痛、健骨舒筋的特殊功能。据明代著名中医李时珍在《本草纲目》中说：虎肉能提气强力，虎的脂肪能治恶性疮毒，虎血能强神壮志，虎胆能治小儿的惊疯，虎眼能治癫疾，虎须能治牙疼，虎皮能治疟疾等病。

◎世界上最大的牛——犀牛

目前，世界上牛的品种很多，但按照它们的自然生态来划分，可分为两大类：一是在野生状态下生活的牛——野牛，二是在人工饲养下生活的牛——家牛。

生活在自然界里的野牛，要比家牛大一些，有的要大很多。如欧洲野牛、美洲野牛、非洲野牛、亚洲野牛，一般都有一吨左右。但是，这些野牛在犀牛的面前，则是小牛了。因而，有人送给犀牛一个绰号，叫"牛王"。

犀牛，颈短，四肢粗大，牛角长在鼻子的上边，有一个角的，也有两个角的，皮粗而厚，颜色微黑，不长毛。

犀牛

考古学家说，现代犀牛的祖先，是起源于新生代第三纪始新世的古犀牛，距今已有五千万年。那个时候犀牛的种类很多，到三千万年之前，犀牛只有三十余种了，以后，随着大自然的变化，逐渐灭绝。

现代的犀牛，全世界共有五种，其中亚洲有三种，叫印度犀、爪哇犀、苏门答腊犀。非洲有两种，叫黑犀和白犀。

亚洲的犀牛，身型和体重都比非洲的犀牛小，长双角的又只有苏门答腊犀牛，而且也没有非洲犀牛角大。

非洲的犀牛，黑犀身长超过三米五，肩高一米五，体重两吨左右。白犀更大，身长五米，肩高两米，体重四吨左右，是陆地上仅次于大象的第二号庞然大物。白犀牛的角，其长度一般的在六十至一百厘米之间，前角最长者，有一米五八。

非洲犀牛，性格凶猛，硕大的非洲象也怕它三分。它们生活在密密的原始森林之中，最喜欢躺在泥潭之中打滚玩耍。它们的群居伙伴很少，一般只有二至四头，即两个大犀牛和两个小犀牛。犀牛的生活能力很强，长到两岁就能在非洲原野上独来独往了。

犀牛的角，由角质纤维组成，非常坚硬，是驰名中外的贵重药材，有强心、解热、解毒、止血的作用。人们还喜欢用它刻图章，制酒杯和其它器物，并视其为不可多得的珍品。

植物的世界

大约30亿年前，地球上就已出现了植物。最初的植物，结构极为简单，种类也很贫乏，并且都生活在水域中。经过数亿年的漫长岁月，有些植物从水中转移到陆地上生活。陆地上的环境条件不同于水中，生活条件是多种多样的，而且变化很大。

比如说，植物在水中生活时，用身体的整个表面吸收养料，而在陆地上就需要专门的器官，一方面从土壤吸收水分和矿物质，另一方面从大气中吸收二氧化碳和氧气。

事实上，植物在进化的过程中，也不断地在与外界环境条件作斗争。环境不断在发生变化，植物的形态结构和生理功能也必然会跟着发生变化。

由于某些地理的阻碍而发生的地理隔离。如海洋、大片陆地、高山和沙漠等，使许多生物不能自由地从一个地区向另一个地区迁移，这样，就使在海洋东岸的种群跟西岸的种群隔离了。隔离使得不同的种群有机会在不同条件下积累不同的变异，由此出现了形态差异、生理差异、生态差异或染色体畸变等现象，从而实现了生殖隔离。在这样的情况下，新的种类就形成了。

在自然条件下，植物通过相互自然杂交或人类的长期培育，也使植物界不断产生新类型新品种。今天，在海洋、湖沼、南北极、温带、热带、酷热的荒漠、寒冷的高山等不同的生活环境中，我们到处都可以遇到各种不同的植物，它们的外部形态和内部构造以及颜色、习性、繁殖能力等，都是极不同的。所有这些都表明植物对环境的适应具有多样性，因而形成了形形色色的不同种类的植物。

◎中国鸽子树——珙桐

珙桐，别名水梨子、鸽子树。属于蓝果树科科，国家一级重点保护植物，是我国特产的单型属植物。分布于陕西镇坪；湖北神农架、兴山；湖南桑植；贵州松桃，梵净山；四川巫山、南川、平武、汶川、灌县；云南绥江等地的海拔1250～2200米的区域。

珙桐

珙桐高约十至二十米，树形高大挺拔，是一种很美丽的落叶乔木，世界上著名的观赏树种。每年四、五月间，珙桐树盛开繁花，它的头状花序下有两枚大小不等的白色苞片，呈长圆形或卵圆形，长六至十五厘米，宽三至八厘米，如白绫裁成，美丽奇特，好象白鸽舒展双翅；而它的头状花序象白鸽的头，因此珙桐有“中国鸽子树”的美称。珙桐树的木质结构细密，不易变形，切削容易，是木雕工艺的佳料。更重要的是，珙桐对研究古植物区系和系统发育均有重要的科学价值。珙桐树是一八六九年在我国发现的。因挖掘野生苗栽植及森林的砍伐破坏，目前数量较少，分布范围日益缩小，有被其它阔叶树种更替的危险。

◎大树杜鹃

大树杜鹃是一种原始而古老的植物类型，于1919年在云南腾冲县境内的高黎贡山海拔2100～2400米的原始森林中被首次发现，当时这株大树杜鹃年龄已超过280岁，树高达25米。

大树杜鹃是一种常绿大乔木，树高一般为20～25米，树茎部的最大直径达3.3米。褐色的树皮，剥落得左一片右一片，显得斑斑驳驳，饱经沧桑。小枝粗壮，上面被有短毛，叶子又厚又大，有椭圆形、长圆形和倒坡针形等形状。叶子下面被毛，长大后逐渐脱落。2月～3月开化，伞形花絮。花的颜色为蔷薇色中并略微带紫的绚丽色彩，花萼为线裂的盘状，上面有小齿状裂纹。雄蕊16枚，极不等长，子房16室，上面也被绒毛。到了10月，它就结出长圆柱的木质蒴果，上面有棱，被有深褐色的绒毛。

大树杜鹃在分类上隶属于双子叶植物钢、杜鹃花目、杜鹃花科。杜鹃花科植物全世界共有1300多种，遍布于全球各地，但以亚热带山区为最多，我国约有700多种，分布在全国各地，但以西南地区的山地森林中为多，所以这一地区被认为是世界杜鹃类植物的分布中心。杜鹃花不但位居我国三大著名自然野生名花一杜鹃花、报春花、龙胆花之首，也是当今世界上最著名的花卉之一。在全世界800多个品种中，我国就有650多个。不同种类的杜鹃高高矮矮相差很大、小的种类身高不到1米，而大的种类如大树杜鹃，高达数十米。

由于大树杜鹃是如此地珍贵而稀少，所以被列为国家亚组合保护植物。

◎野生荔枝

荔枝被誉为“水果皇后”。我国是荔枝的故乡，也是栽培荔枝最早的国家。野生荔枝主要分布于海南崖县、陵小、昌江、保亭、东方、琼中等县的坝王岭、猕猴岭、吊冒山、尖峰岭和广东雷州丰岛的徐闻等地。

野生荔枝是一种常绿大乔木，最高可达32米，胸径194厘米，枝叶繁茂、生机盎然、树皮为棕褐色，并带有黄褐色的斑块，叶子为羽状复叶，互生，草质，椭圆状，全缘，上面为深绿色，下面粉绿色，嫩叶则呈线褐色。呈聚伞圆雌花序，绿白色的花朵较小。果通常为椭圆形或椭圆状球形，成熟时果皮为暗红色，上面具有小的瘤状体。种为椭圆形，种皮暗褐色，上面具有光泽，外面为白色的假种皮所包被。

△ 野生荔枝

我国人工培育的荔枝树一般只有5～10米高，树皮光滑，叶片由红褐色变为暗绿色。花朵很小，淡绿中带几分白色，并不算鲜艳，但它的果实却特别引人注目。每到丰收时节累累果实挂满枝头，一穗穗，一串串，似翡翠，如玛瑙，诱人垂涎欲滴。剥开果壳，里面就露出了肥胖的半透明的肉球晶莹如雪，一滴滴地外往淌着甜水，吃上几颗，顿觉清凉酸甜，沁人心肺。

荔枝具有丰富的营养，是一种高级滋补果品还有养血、消肿、开胃、益脾的药用价值，它的木材也被列入特等商品用材，纵横交错，结构致密，材质坚硬而重，少开裂，切面光滑，县有光泽，抗腐性强，可供制作上等家具、高级建筑的用材。

野生荔枝在分类上隶属双子叶植物纲、无患子目、无患子科。它被列为国家1级保护植物。

◎水杉

在40多年前，所有的人都认为，水杉早已在地球上绝了种，只有通过古代地层中发掘的化石才能知道它的模样。

40 年代初，我国学者于四川万县磨刀溪首次发现了几棵奇树，它们高达 30 多米，胸径 7 米多，根部庞大，树干笔直，苍劲参天，树龄已有 400 多年。当时由于缺乏资料，未能做出鉴定。1941 年以后的两年间，人们根据这种树的枝叶，花和种子标本进行研究鉴定，定名为水杉。这是水杉属的子遗，为我国所独有。

水杉是杉科落叶乔木，高 30～40 米，主干挺拔，侧枝横伸，南北向、东西向交替着生主干，下长上短，层层舒展，宛如塔尖。线形而扁平的叶子，分左右两侧着生在小枝上。叶子能够随季节更换而改变颜色：春天，叶色嫩绿；夏天，叶色翠绿，青绿可爱；秋天，叶色变黄，满峰披金；冬天，叶色变红，经霜更红，然后凋落。

水杉 2 月下旬开花，花为单性，雄雌同株，球球花单生于，二年生的枝顶或叶腋部，雄蕊约有 20 枚，交互对生。雌球花单生于二年生极的顶部，花县短柄，由 22 枚～28 枚苞鳞和珠鳞组成，也是交互对生，各有 5～9 胚珠。受粉后生成近圆的球果。种子扁平成倒卵形。球果热时呈深褐色，成熟期为当年的 11 月。

水杉不但是珍贵的活化石，树中佼佼者，而且还有它很强的生命力和广泛的适应性，生长迅速，是优良的绿色树种。它的经济价值很高，它的木材是紫红色的，既细密又轻软，是造船、建筑、造纸和制作家具、农具的好材料。

水杉在分类上隶属裸子植物门、松柏纲、杉科。它是我国 1 级保护植物。

◎望天树

望天树不仅是热带雨林中最高的树木，也是我国最高大的阔叶乔木。我国主要分布于云南南部西双版纳的勐腊和东南部的河口、马关等县，以及广西西南部一带。

望天树是一种常绿大乔木高度在 60 米以上，胸径一般在 1.3 米左右，最大可达 3 米。主干浑圆通直，人地面向上直至 30 多米高处连一个细小的分枝也没有。它的树皮为褐色或深褐色。常绿的叶子为草质，互生，呈卵状椭圆形或披针状椭圆形，前端急剧变尖或逐步变尖，基部为圆形或宽楔形。叶上有羽状的脉纹，近于平行。叶的背面脉序突起，还有许多又细又密的茸毛。

望天树多生长在海拔 350 米～1100 米之间的山地峡谷，及两侧坡地上，分布区的面积仅有 20 平方公里。它的分布区位于热带季风气候区向南开口的河谷地区，全年都处于高温、高湿、静风、无霜的状态中。望天树喜欢生长在赤红壤、砂壤及石灰壤上，在云南有千果榄仁、番龙服等伴生，在广西有蚬木、顶果树、广西槭、仕豆等树木伴生。

望天树的树干通直，木材性质优良，非常坚硬，加工性能也好，而且不怕腐蚀，不怕病虫侵害，是优良的用材树种，也是制造，高级家具、乐器、桥梁等的理想材料。它的木材中还含有丰富的树胶，花中含有香料油，这些也都是重要的工业原料。

望天树在分类学上隶属双子叶植物纲、龙脑香料。由于望天树常常形成独立的群落类型和自然景观，所以可以看作热带雨林中的标志树种。望天树虽然高大，但结的果实却很少，再加上病虫害导致的落果现象十分严重，造成种子都落在地上，很快发芽或腐烂，寿命很短，不易采集，所以野外数量十分稀少，现已被列为国家 1 级保护植物。

◎核桃

核桃又叫胡桃，羌桃，是一种很古老的栽培果树。核桃仁是著名的干果，与榛子、腰果、扁桃一起被誉为世界四大干果。我国不仅盛产核桃，而且是核桃的故乡。

核桃是胡桃科落叶乔木，高可达 30 米，树冠宽阔，枝叶繁茂。它的树皮为灰白色，但幼年时却是灰绿色，而且很光洁润滑，老年时则有很多浅浅的纵裂，小枝很粗。奇数羽状复叶，小叶 5～11 个，长椭圆形，全缘。初夏开花，花单性，雌雄同株，柔荑花序下垂。核果椭圆形或球形，表面有两条纵横，还布满了高高低低的花纹，种子富含油。

核桃产于我国黄河流域及以南地区，喜欢阳光充足的疏林，温和、潮湿的气息和深厚、疏松、肥沃、湿润的土壤，较耐寒冷和干旱，但不耐湿热和盐碱，也不耐庇荫，在郁闭度较高的林下，幼苗极小，生长较差。在天然分布区内，它们生长于海拔 1400 米～1700 米之间的中、低山带的阴坡下部或峡谷底部。

△ 胡桃

核桃自古以来，被视作难得的补品，除含大量脂肪、蛋白质等外，还含钙、磷、铁、碘、胡萝卜素、硫胺素、尼克酸和其他维生素，种仁、果隔、果皮、树叶都可作药用。中医学上用作温肺、补肾药，它性温味甘，主治虚寒喘咳、肾虚腰痛等症。除此之外，核核木材质呈坚韧，光滑美观，不翘不裂，是很好的硬木材料，能做高级家具以及武器和交通工具等的木质部分。核桃树皮能提取栲胶、树皮和外果皮能提取单宁，树根可做染料，就连坚硬的碎果壳也能在工业上大显神通，用它制造的活性炭可以吸附各种有毒物质，是防毒面具中不可缺少的材料。

核桃在分类上属于双子叶植物纲、胡核目、胡材科。它被列为我国 1 级保护植物。由于乱砍滥伐等人类经济活动的破坏，使核桃的野生分布区的面积日渐缩小，已经处于濒临绝灭的境地。

◎雪 莲

天山位于我国西北边疆，海拔高度一般在 4000 米以上，主峰博格达峰高达 5445 米，山顶常年白雪皑皑，分外壮观。雪莲是天山的著名植物，喜生于高山陡岩、砾石和沙质潮湿处的雪山附近，故名雪莲。

雪莲属于多年生的草本植物，地面以上的植株很矮，仅有 15 厘米～24 厘米高。到了每年 7 月的开花季节，雪莲就在茎的顶端生出一个大而鲜艳的花盘，周围有淡黄色半球状大苞叶围成一圈。花朵的整体看上去就和水生的荷花差不多，在皑皑白雪的衬托下，更显得异常美丽动人。而当云雪笼罩之时，它又悄悄地合了起来。雪莲的花香袭人，顺风时香味可以飘到几十米远。开花之后不久的 8 月，雪莲就迅速地结出了长有纵肋的长圆形瘦果。它们有长长的根系，可充足地吸收养分水分；它们身上白色绒毛可防寒保温，还能反射高山强烈的紫外线以减少对它们的损伤。

雪莲在高山严酷的条件下，生长非常缓慢，要至少 4 年～5 年后才能开发结果。不过，由于生长期短，它能在较短的时间内迅速发芽，生长，开花和结果，这也是它们长期适应环境的结果。

雪莲是一种名贵药材，它的整个植珠晒干后都可以入药，中医认为雪莲性温，味微苦、具有散寒除湿、活血通径、强筋助阳、抗炎镇痛等功能，民间用以治疗肺寒咳嗽，肾虚腰痛、月经不调、麻疹不适、跌打损伤，以及风湿性关节炎、贫血、阳痿、高山不适应等疾病。

雪莲可以用种子繁殖，但种子成熟时，高热寒地区已经开始下雪，给采集种子带来麻烦，而且雪莲种子的发芽率低、繁殖不易、生长缓慢，人工栽培较难。

植物学界正研究进行人工繁殖，以获得各种有用的产品。

◎夏蜡梅

夏蜡梅的分布区极为狭窄，仅分布于浙江省临安县西部一带。

夏蜡梅属于落叶灌木，高度大约在 1 米～3 米之间。树上有大枝和小枝，大枝呈二歧状，小枝则相对而生。一年生的嫩枝是黄绿色的，到了第二年就变成了灰褐色，冬天时树芽被叶柄的基部所包裹。树叶呈椭圆形，单叶对生，全缘，无托叶夏蜡梅的叶子在每年的 10 月下旬即开始陆续脱落，一直到第二年的 3 月下旬至 4 月上旬才又重新生长。

夏蜡梅是蜡梅中比较特殊的一个种，与其家族隆冬腊月开花的大多数成员不同，到每年 5 月中，下旬的初夏季节才开放花朵。

夏蜡梅的花一般先叶而开放，单独生长于嫩枝的顶端，花朵洁白硕大，花为单生，两性，花萼呈花瓣状，花被片为多数，雄蕊 18 枚～19 枚，着生于肉质花托顶部，花丝极短；心皮为多数，离生，着生于壶形花托内，子房上位，每室 1 至 2 胚珠，夏蜡梅的花期也很长，花朵一直持续到开放到 6 月上旬才逐渐凋谢。9 月下旬至 10 月上旬是果实成熟的季节，每个聚合果都有一个近顶端收缩的像小编种一样的果托，里面盛有一个瘦瘦的椭圆形褐色果实，扁平或有棱，挂满枝头，随风摇曳，成为珍贵的观赏树木。

夏蜡梅喜爱生长于海拔 600 米～1100 米的山坡或溪谷中的亚热带局部常绿阔叶林或常绿、落叶阔叶混交林下，它属于较为耐阴的树种，气候凉爽而湿润，在强烈的阳光下会生长不良，甚至枯萎，它也不耐干旱与瘠薄，但比较耐寒，特别喜欢生长在有较多山间溪流的以甜槠、木荷、钱青柳等为优势种的山谷林地中。

夏蜡梅在分类上隶属于双子叶植物纲、蜡梅科。它的花大而美丽，具有较高的观赏价值，被列为国家 1 级保护植物。由于森林砍伐，生境渐趋恶化，分布区日渐缩小，因此必须进一步加强保护工作，以免使它陷入濒危状态。

丰富的矿产资源

◎金 矿

世界上的黄金宝藏，主要以岩金和沙金两种形态蕴藏于地下，此外还有伴生金，天体运行、地球形成、火爆发、古造山运动、岩浆喷涌、金元素从地核中被夹带喷薄而出等形成岩金；富含金元素的崇山峻岭，在日照风化、雷鸣电闪、狂风暴雨、山体滑坡、泥石俱下、洪水泛滥、河流稳水地段沉淀等形成沙金。

据科学的测定与推断，大约在二十六亿年前的太古代，火山喷发把大量的金元素，从地核中沿着裂隙，带到地幔和地壳中来，后经海洋沉积和区域变质作用，形成最初的金矿源，大约在一亿年前的中生代，因受强大力的作用，地壳变形褶，褶露出海面，金物质活化迁移富有集，形成金矿田，即我们所说的岩金。

在岩金富集地带，岩石氧化后往往留下许多自然金，地表浅层的岩金，经过数千万年的风化与剥蚀，岩石变为沙土，因金的性质稳定，因而被解离为单体，在河水的搬运过程中，又因其比重大，因而在河流的稳水处沉积下来，于是形成沙金矿。同时由于沙金具有亲和力，在河水的搬运过程中由小滚大，形成大小不等的颗粒金，迄今为止，人类发现的最大的金块重达 280 公斤，它产于美国的加利福尼亚州。

大自然变迁中形成的黄金矿床，大致可划分为三大类：岩金矿床、沙金矿床和伴生矿床。在世界上，岩金、伴生金和沙金的储量比例，大约为：70∶15∶15。其中，岩金矿床，又可划分为若干成因类：岩浆热液型、变质热液型、火山热液型、沉积变质型、热水溶滤型和变质砾岩型等。

各种类型的金矿床，在世界总储量中所占的比例，依次为：变质砾岩型 56.2%，变质热液型 12.4%，伴生金 9.5%，沙金 8.9%，岩浆热液型及火山热液型 7.0%，热水溶滤型 0.9%。

从全球范围来看，按金矿产出的大地构造单元来分，又可分为四类：地盾成矿区、地台及边缘成矿区、地槽褶皱带成矿区和环太平洋成矿带。其中，产于地盾的金储量，占世界总储量的 25.627.8%；古地台盖层局部中生代活化区，占 1.11.3%，优地槽区，占 12.915.6%；冒地槽区，占 1.11.2%；而古地台盖构造区，则占 47.147.7%。

◎铁 矿

铁是从铁矿石里提炼出来的。根据目前的冶炼水平，这些矿石中铁的含量最少也要在 20%～30%以上。在地壳中，铁的含量约为 5%左右，这是对构成地壳的岩石进行化学分析得到的平均数字。如果根据坠落到地球上的陨石的化学成分推测，铁在整个地球的含量约占 35%左右。在地球内部铁是很多的，构成地核的物质更几乎全部是铁和铁元素。但是由于开采技术的限制，这些铁我们无法利用，目前只能开采地壳中的离地面很近的浅层的铁矿。

△ 铁矿

地壳中铁的平均含量不高，铁元素必须得在某些地方集中起来，才能形成铁矿。铁又是怎样集中起来的呢？

分散在各处含有铁的岩石，经过日晒雨淋的作用，风化崩解，里面的铁也被氧化，这些氧化铁溶解或悬浮在水中，随着水的流动，被带到比较平静的水里聚集起来，它们逐渐沉淀堆积在水下，成为铁比较集中的矿层；在整个聚集过程中，许多生物，如某些细菌起着积极的作用。世界上 90%左右的大铁矿都经过这样的聚集过程，主要是在距今 5 亿～6 亿年以前古老的地质历史时期中形成的。铁矿层形成后，再经过多次变化，譬如地壳中的高温高压作用，有时还有含矿物质多的热液参加进来，使这些沉积而成的铁矿或含铁较多的岩石变质，造成规模很大的铁矿；这些经过变质的铁矿或含铁较多的岩石，还可以再经过风化，把铁进一步集中起来，造成含铁量很高的富铁矿。

还有些铁矿是岩浆活动造成的。岩浆在地下或地面附近冷却凝结时，。可以分离出铁矿物，并在一定的部位集中起来；岩浆与周围岩石接触时，在条件合适的时候，也可以相互作用，发生变化，形成铁矿。

世界上重要的铁矿，主要是在地球历史上最古老的时期形成的，如在 35 亿～25 亿年前的太古代、25 亿～6 亿年前的元古代和 4.1 亿～3.5 亿年前的泥盆纪。这不仅因为形成铁矿需要很长时期，还因为那段时期地壳较薄，地层断裂深而且多，火山喷发也很频繁，因此，随着岩浆的喷发，也把藏在地幔深处的含铁量高的岩浆大量喷发出来，这使地球深部的铁较多地迁移到地壳中来，给形成大规模的铁矿创造了条件。

◎海底石油

从海岸向外，到深海大洋区之间的区域，人们称它为大陆边缘地区。这里有水深不到200米的大陆架浅水区，还有大陆架到深海之间的一段陡坡，水深在200～3000米之间，称为“大陆坡”。经过近百年的海上石油勘探，人们发现在大陆架浅水区蕴藏着丰富的油气资源，而且在大陆坡，甚至在小型的海洋盆地等深水海域也都找到了藏油的证据。据调查，海底石油约有1350亿吨，占世界可开采石油储量的45%。举世闻名的波斯湾，是世界上海底石油储量最丰富的地区之一。在我国的南海、东海、南黄海和渤海湾，也都先后发现了油田。

海底石油资源如此丰富，那么它是如何来的呢？要搞清这个问题，还得从几千万年甚至上亿年前的历史地质时期谈起。

△ 海底石油

在漫长的历史地质时期中，地球上的气候，有的时期比现在温暖湿润，有的时期比现在寒冷干燥。在温暖湿润的地质时期，由于大陆架浅水区气候温和，阳光充足，光线能够透过浅浅的水层照射到海底，加上江河里带来大量的营养物质，水质肥沃，海洋藻类生物在这里大量繁殖。同时，海洋中的鱼类、软体类动物以及其他浮游生物也在这里群集，迅速繁殖。这些生物死亡后，遗体随同江河夹带来的泥沙一起沉积在海底，形成所谓的

“有机淤泥”。这样,年复一年,大量的生物遗体和泥沙组成的有机淤泥被一层一层掩埋起来。由于这些地层因某种原因不断下降,有机淤泥越积越厚,越埋越深,最后与外面的空气相隔绝,造成一个缺氧的环境,加上深层处温度和压力的作用,厌氧细菌便把有机质分解,最后形成了石油。不过,这时形成的石油还只是分散的油滴。

在地层下,分散的油滴需寻找“藏身之地”。由于气候的变迁,海洋中形成的沉积物有时候颗粒较粗,颗粒问孔隙较大,便形成了砂岩、砾岩;有时候颗粒较细,颗粒问孔隙很小,于是形成页岩、泥岩。在上覆地层的压力作用下,这些分散的油滴被“挤”向多孔隙的砂岩层,成为储积石油的地层;而孔隙很小的页岩层,由于油滴无法“挤”进去,储积不了石油,却成了防止石油逃逸的“保护层”。

石油储积在砂岩层中还不具备开采价值,还需经过一个地质构造变形过程,使分散的石油集中在构造的一定部位,这样才能成为可开采的油田。这个过程大致是这样的:原来接近水平的岩层由于受到各种压力的作用而发生变形,形成波浪起伏的形状,向上突起的叫背斜构造,向下弯曲的叫向斜构造;有的岩层经过挤压,形成像馒头一样的隆起,叫穹隆构造。在岩层受到巨大压力而变形的同时,含油层中比重小的石油由于受到下部地下水的浮托,向向斜构造岩层或穹隆构造岩层的顶部汇集,这时石油位于上部,而处在中间、下部的则是水。具有这种构造的岩层就像一个大脸盆,把汇集的石油保存起来,成为储藏石油的大“仓库”,在地质学上叫做“储油构造”,这才有真正的开采价值。

◎天然气

天然气与石油生成过程既有联系又有区别:石油主要形成于深成作用阶段,由催化裂解作用引起,而天然气的形成则贯穿于成岩、深成、后成直至变质作用的始终;与石油的生成相比,无论是原始物质还是生成环境,天然气的生成都更广泛、更迅速、更容易,各种类型的有机质都可形成天然气——腐泥型有机质则既生油又生气,腐植形有机质主要生成气态烃。因此天然气的成因是多种多样的。归纳起来，天然气的成因可分为生物成因气、油型气和煤型气。

天然气主要成分为甲烷，通常占85～95%；其次为乙烷、丙烷、丁烷等。它是优质燃料和化工原料。其中伴生气通常是原油的挥发性部分，以气的形式存在于含油层之上，凡有原油的地层中都有，只是油、气量比例不同。即使在同一油田中的石油和天然气来源也不一定相同。他们由不同的途径和经不同的过程汇集于相同的岩石储集层中。若为非伴生气，则与液态集聚无关，可能产生于植物物质。世界天然气产量中，主要是气田气和油田气。对煤层气的开采，现已日益受到重视。

中国沉积岩分布面积广，陆相盆地多，形成优越的多种天然气储藏的地质条件。根据1993年全国天然气远景资源量的预测，中国天然气总资源量达38万亿m^3，陆上天然气主要分布在中部和西部地区，分别占陆上资源量的43.2%和39.0%。中国天然气资源的层系分布以新生界第3系和古生界地层为主，在总资源量中，新生界占37.3%，中生界11.1%，上古生界25.5%，下古生界26.1%。天然气资源的成因类型是，高成熟的裂解气和煤层气占主导地位，分别占总资源量的28.3%和20.6%，油田伴生气占18.8%，煤层吸附气占27.6%，生物气占4.7%。

◎煤

煤是由植物残骸经过复杂的生物化学作用和物理化学作用转变而成的。这个转变过程叫做植物的成煤作用。一般认为，成煤过程分为两个阶段泥炭化阶段和煤化阶段。前者主要是生物化学过程，后者是物理化学过程。

在泥炭化阶段，植物残骸既分解又化合，最后形成泥炭或腐泥。泥炭和腐泥都含有大量的腐植酸，其组成和植物的组成已经有很大的不同。

煤化阶段包含两个连续的过程：

第一个过程，在地热和压力的作用下，泥炭层发生压实、失水、肢体老化、硬结等各种变化而成为褐煤。褐煤的密度比泥炭大，在组成上也发生了显著的变化，碳含量相对增加，腐植酸含量减少，氧含量也减少。因为煤是一种有机岩，所以这个过程又叫做成岩作用。

第二个过程，是褐煤转变为烟煤和无烟煤的过程。在这个过程中煤的性质发生变化，所以这个过程又叫做变质作用。地壳继续下沉，褐煤的覆盖层也随之加厚。在地热和静压力的作用下，褐煤继续经受着物理化学变化而被压实、失水。其内部组成、结构和性质都进一步发生变化。这个过程就是褐煤变成烟煤的变质作用。烟煤比褐煤碳含量增高，氧含量减少，腐植酸在烟煤中已经不存在了。烟煤继续进行着变质作用。由低变质程度向高变质程度变化。从而出现了低变质程度的长焰烟、气煤，中等变质程度的肥煤、焦煤和高变质程度的瘦煤、贫煤。它们之间的碳含量也随着变质程度的加深而增大。

温度对于在成煤过程中的化学反应有决定性的作用。随着地层加深，地温升高，煤的变质程度就逐渐加深。高温作用的时间愈长，煤的变质程度愈高，反之亦然。在温度和时间的同时作用下，煤的变质过程基本上是化学变化过程。在其变化过程中所进行的化学反应是多种多样的，包括脱水、脱羧、脱甲烷、脱氧和缩聚等。

压力也是煤形成过程中的一个重要因素。随着煤化过程中气体的析出和压力的增高，反应速度会愈来愈馒，但却能促成煤化过程中煤质物理结构的变化，能够减少低变质程度煤的孔隙率、水分和增加密度。

当地球处于不同地质年代，随着气候和地理环境的改变，生物也在不断地发展和演化。就植物而言，从无生命一直发展到被子植物。这些植物在相应的地质年代中造成了大量的煤。在整个地质年代中，全球范围内有三个大的成煤期：

(1)古生代的石炭纪和二迭纪，成煤植物主要是袍子植物。主要煤种为烟煤和无烟煤。

(2)中生代的株罗纪和白垩纪，成煤植物主要是裸子植物。主要煤种为褐煤和烟煤。

(3)新生代的第三纪，成煤植物主要是被子植物。主要煤种为褐煤，其次为泥炭，也有部分年轻烟煤。

地球家园的恩赐

DIQIUJIAYUANDEENCI

自然资源是地球家园创造的多种形式的财富。它包括我们赖以生存的土地,饮用和浇灌用水以及呼吸的空气;同时也包括海里的鱼,森林里的树木以及其他的动植物,包括野生的和栽培驯养的。

地球母亲孕育了我们拥有的一切,是她给了我们蓝天,白云。是她给了我们空气,海洋。是她给了我们生命,生活。地球母亲创造了我们人类,并赐予了人类繁衍生存的条件,赐予了组成了我们的衣食住行的种种资源………

形形色色的气候

◎海洋性气候和大陆性气候

海洋性气候的特点是夏日凉爽,冬天不冷,日温差小,所以那里是消暑的好地方。大陆性气候,气候干燥,冬冷夏热,气温的年、日较差都比较大。

不同的气候,主要取决于地表面性质的不同。海洋和陆地的物理性质有很大差异,在同样的太阳辐射下,它们增温和散热的情况大不相同。海水吸收热量的本领要比陆地强得多,辐射到海洋上的太阳热量很少被反射回去,大部分被海水吸收,并通过海水的波动,把热量存贮在海洋内部。这样,即使在烈日炎炎的夏季,海洋里的温度也不会骤然升高。与同纬度的陆地相比，海洋里温度的变化要小得多。到了冬季，虽然太阳辐射减少了，但海洋里所贮存的大量热量开始稳定地释放出来，于是，海洋及其附近地域的温度要比同纬度的其他陆地地区要高。因此。海洋犹如一个巨大的温度自动调节器，使附近地区的气温形成了冬暖夏凉的特点。

海洋性气候

在远离海洋的大陆腹地，由于得不到海洋的调节，气温的年、日较差要比沿海地区大得多。台湾海峡中的平潭岛，年平均气温日较差 4.9℃，比大陆上的福建永安低 5.5℃之多。在我国西部内陆的许多地方，气温日较差一般都在 20～25℃之间，而在吐鲁番盆地，气温日较差则达 50℃。此外，在气温的年际变化方面，沿海地区和内陆地区也有较大差别。我国南海诸岛全年最热月份的平均气温只有 28～29℃，而处于内陆的重庆、长沙、南昌等都高达 34～35℃以上。

海洋性气候气温变化和缓，春天姗姗来迟，夏天消退也较慢，春天的气温一般低于秋季的气温。相反，大陆性气候气温变化剧烈，春来早，夏去也早，春温高于秋温。受海洋气团和暖湿气流的影响，海洋性气候年降水量多，一年中降水的季节分配比较均匀，且以冬季降水较多；大陆性气候年降水量少，一年中降水的季节分配不均匀，且以夏季降水为最多。

◎热带气候

热带气候最显著的特点是全年气温较高，四季界限不明显，日温度变化大于年温度变化。

南纬 25 度和北纬 25 度之间是热带气候区。在这一区域内，由于地表及降水的不同，热带气候又反映出不同的特点。在赤道附近，常年湿润高温，多雷雨天气，年降水量在 2500 毫米左右，季节分配较均匀。在一天之中，天气的变化也往往单调而富有规律性。清晨，天气晴朗，凉爽宜人，临近午间，天空中的积云强烈发展，变浓变厚，午后一二点钟，天空乌云密布，雷声隆隆，暴雨倾盆而下，降雨一直可以持续到黄昏。雨后，天气稍凉，但到第二天日出后又变得闷热。如此日复一日，年复一年，人们把这种气候称为“赤道气候”。

热带气候

赤道气候全年皆夏，没有明显的季节变化。这里虽然很热，但最热月份的平均气温并不太高，绝对最高气温很少超过 38℃，最低气温很少低于 18℃。

在热带的沙漠地区，气候情况完全不同。在非洲北部的撒哈拉沙漠、西亚的阿拉伯沙漠和澳大利亚中部的大沙漠等地，全年干旱少雨，气温变化剧烈，日较差可高达 50℃以上。

我国的雷州半岛、海南岛和台湾省南部，均处于热带气候控制之下，终年不见霜雪，到处是郁郁葱葱的热带丛林。全年无寒冬。

热带地区由于高温多雨，为动植物的生长繁衍创造了极为有利的条件。许多珍贵的动植物都产于热带气候区内。宽广的热带雨林，是制造氧气、吸收二氧化碳的巨大绿色工厂，对于调节全球大气中的氧气和二氧化碳的含量具有非常重要的作用。

◎温带气候

冬冷夏热，四季分明，是温带气候的显著特点。我国大部分地区都属于温带气候。从全球分布来看，温带气候的情况比较复杂多样。根据地区和降水特点的不同，可分为温带海洋性气候、温带大陆性气候、温带季风气候和地中海式气候几种类型。

温带海洋性气候区主要分布在欧洲西海岸、南美洲智利南部沿海以及新西兰、北美阿拉斯加南部等地区。这些地方由于受海洋西风的影响，冬季温暖，夏无酷暑，全年湿润多雨。降水分配比较均匀。温带大陆性气候区主要分布在亚欧大陆和北美洲的内陆地区。这些地方受大陆性气团的控制和影响，冬季寒冷，夏季炎热，空气干燥，降水量较少。

温带季风气候区主要分布于北纬 35°～55°之间的亚欧大陆的东岸，包括中国的华北、东北和朝鲜、日本以及苏联的远东地区。冬季受温带大陆性气团的控制，风从内陆吹向海洋，大部分地区干燥少雨；夏季受温带海洋气团的控制，风从海洋吹向内陆，湿润多雨。我国是典型的季风气候国家，除西部的青藏高原和云贵高原等地区外，全国大部分地区都受季风气候的影响。与世界同纬度国家比较，我国冬季是最冷的，夏季是最热的。如广州市和南美洲古巴首都哈瓦那差不多在同一纬度上，但两地 1 月份平均气温要相差 8℃左右，广州冷。哈瓦那暖。英国西海岸的利物浦与我国北方漠洞镇的纬度也基本相同，利物浦 1 月份平均气温高达 4.3℃，而漠河同时期的最低气温常在－35℃～－40℃。

温带气候是世界上分布最为广泛的气候类型。由于温带气候分布地域广泛，类型复杂多样，从而为生物界创造了良好的气候环境，形成了丰富多彩的动植物界。从植物种类上来看，有夏绿阔叶林、针叶林和针阔混交林。草原地区生活着善跑能飞的动物；在阔叶林中生活着大型食肉类动物；针叶林中生活着一些耐寒动物。

◎极地气候

终年冰封的极地地区，气候寒冷，降水极少，到处都是一片白茫茫的雪原，风几乎成年累月不停地呼叫着。气温经常降到零下几十度。那里人迹稀少，是一派荒凉寂寞的景象。人们把南北极圈以内的气候，称为极地气候或寒带气候，它包括北冰洋、环绕极地的亚洲、欧洲、北美洲的大陆边缘地区以及整个南极大陆和附近海洋地区。

极地气候

由于极地气候区大部分位于极圈以内，太阳光只能以很小的角度斜射这个地区，因而这个地区所获得的太阳辐射能很少，再加上地面多为冰雪覆盖，地面的反射率很高，获得的少许热量中的一部分被反射回去，未被反射掉的能量又大多消耗于冰雪的融化，因此，极地气候区的最主要特点就是终年严寒，无明显的四季更替变化。

虽说都是极地气候，但北极和南极的情况却不完全相同。在北半球，通常把树木生长的北限作为极地气候的南界。整个地区大部分是永冻水域。只有在大陆的北部边缘部分，夏季气候可达到0℃以上，但仍在10℃以下。由于这类地区只零星地生长着一些苔藓、地衣等低等植物，所以通常称为“苔原气候”区。永冻水域地区气温在0℃～－40℃间变化，因而称为“冰原气候”或“永冻气候”区。北极地区降水虽然很少，但因阳光强度弱，地面蒸发少，相对湿度较大，云雾较多。这里虽寒冷，仍有因纽特人在此生活。

南极地区比北极地区要冷得多。南极大陆覆盖着平均厚达2000米的冰层，即使在南极大陆的边缘地区，年平均气温也在－10℃以下。在大陆中心地区年平均气温低达－50℃～－60℃。科学考察工作者曾在南极大陆测到－94.5℃的低温。整个南极大陆降水很少，年平均降水量只有50毫米，越往内陆，降水越少，在南极极点附近，年降水量只有5毫米。由于这里极其寒冷，除各国在此设立科学考察站外，无人居住。

1985年，我国也在南极设立了科学考察站——长城站。至今为止，已有好几批科学工作者去那里考察，得到了许多有价值的第一手资料。

◎草原气候

蔚蓝天空，碧野千里；牛羊成群，骏马奔驰……这些草原地区特有的自然景色，是在特定气候条件下形成的。世界各地草原气候的分布很广，在我国内蒙古自治区和新疆维吾尔自治区，蒙古境内，苏联的中亚地区和欧洲南部，北美洲落基山脉以东的美国西部地区均有分布。

草原气候

草原气候属于沙漠气候和湿润气候之间的过渡性气候。其特征是降雨量偏少，以夏季阵性降雨为主，气候干燥，高大的树木无法生长。草原地区冬季寒冷而漫长，夏季短促，气温不很高。但全年的日照时间较长，拥有较好的热量条件，适于牧草的生长。

由于全年降水量分配不均匀，冬季和春季常发生干旱现象，这对春天播种和牧草的萌芽、生长均有不利影响。到了夏季，雨量集中，日照充分，植物生长所必需的水分和热量条件可同时得到满足，因而盛夏七八月份是草原的黄金季节，水美草肥，牛羊成群，庄稼茂盛。辽阔的大草原在微风的吹动下，宛如大海的波涛，景色十分迷人。

到了冬天，低温、大风席卷草原，常常造成风雪灾害。尤其是对牧畜的安全越冬影响很大。

◎沙漠气候

极端干旱的沙漠气候，跨越纬度大，不同区域气温差别很大。根据所处纬度的不同，可分为低纬度沙漠和中纬度沙漠。低纬度沙漠也称热沙漠，分布在南北回归线附近的副热带高压区内，如非洲北部的撒哈拉沙漠，亚洲西南部的阿拉伯沙漠，澳大利亚中部的大沙漠等。中纬度沙漠也叫冷沙漠，分布在温带大陆内部，如苏联的中亚地区，我国的新疆和内蒙古一带及北美大陆西南部的沙漠等。沙漠气候有以下显著的特点：第一，降雨稀少。气候干旱。以我国的沙漠地区为例，年雨量大部分都在 50～100 毫米以下，最少的地方还不到 10 毫米。如位于塔克拉玛干大沙漠东南部的若羌，年雨量仅 16.9 毫米，而托克逊县城降雨量更少，只有 5.9 毫米。

第二，多风沙天气。大风刮起时，满天黄沙，天昏地暗，流沙遍野；风停后，飞沙落地，形成一条条一排排高低起伏、大小不等的沙丘群，最高的沙丘可高达 400 米以上。

沙漠气候

第三，冬季寒冷，夏季酷热，

温度的年较差和日较差都很大。如我国西北地区的沙漠中，冬季1月份的平均气温都在－20℃以下，而夏季7月份的平均气温则在26～30℃以上。温度的年较差高达50℃左右。与年较差相比，沙漠地区的温度日较差更大。如吐鲁番盆地，夏季白天的极端最高温度曾达到82.3℃，而入夜后温度又可降至0℃以下，温度的日较差超过80℃以上。所以，在吐鲁番盆地一带流传着“朝穿皮袄午穿纱，抱着火炉吃西瓜”的说法。可见。沙漠气候中的温度变化，是世界各种气候中变化最为剧烈极端的。

在沙漠气候的环境中，生活着一些适应干旱条件的动植物，如骆驼、沙鼠、沙蜥、仙人掌、胡杨、沙枣等等。据不完全统计，我国沙漠中的野生植物至少有1000种，其中300多种可以当药材用。

◎季风气候

季风是一种重要的大气活动形式，它的风向随着冬夏的转换发生近乎相反的变化。我国明代著名航海家郑和就是利用季风七下西洋的。

世界上有许多地区都有季风气候，但以亚洲东部和南部的中国、日本、朝鲜、中南半岛和印度半岛等地最为显著。

季风气候的特点。首先是风向的转换。冬季风由大陆吹向海洋，天气寒冷干燥；夏季风由海洋吹向陆地，天气炎热潮湿。冬夏风向近于相反，这是最重要的特征。我国位于亚欧大陆的东南部，面临太平洋，这种海陆分布使我国成为一个典型的季风气候国家。

由于夏季风来自海洋，湿热的气团易成云致雨，因而靠海洋越近，湿热的气团越强，降水也越多；远离海洋的内陆，则雨量越少，而且降水的开始时间从沿海逐渐推向内陆，降水结束的时间正好相反，这是第二个特征。

由于高大的山体可以阻挡住部分云团的移动，降水的可能性就大，特别是迎着风的山坡，这是第三个特征：雨量的分布山地多于平原，山地的迎风坡多于背风坡。

第四个特征是雨量集中在夏季，占全年的一半以上。因为夏季风来自海洋，雨量多；冬季风来自大陆，雨量就少。

我国以及东亚、南亚地区之所以是世界上最典型的季风气候区，除了和其他季风地区的相似条件外，还有一个最重要的因素，就是“世界屋脊”——青藏高原的作用。

由于夏季风带来了充沛的雨水，可以满足农作物生长“雨热同期”的条件，有利水稻一类高产粮食作物的生长，所以，南亚、东南亚、中国、朝鲜和日本等国都是世界水稻的集中产区。当然，夏季风和冬季风的变换并不是定期、定位、等强度的，不同年份会有较大变化，这就有可能发生水旱灾害。

◎地中海式气候

世界上的气候类型多种多样，但绝大多数是以景物特征命名的，如沙漠气候、雨林气候、草原气候等等，唯独地中海式气候是以具体的地名命名的。可见地中海地区是这种气候类型最典型的地区。

并不是只有地中海地区才有这种气候。实际上，北美洲的加利福尼亚沿海、南美洲智利中部、非洲南部的开普敦地区和大洋洲南部以及西南部等地区也都有这种气候。细心的人在世界地图上可以发现，上述地区有着一些相似之处，它们大都位于纬度30°～40°，且都在大陆的西海岸或南海岸。这些地区冬季在来自海上的温带西风的控制下，潮湿的气团带来了较多的雨水。而夏季则受副热带高压控制，气流由陆地散向四周，很难成云致雨，形成了气候炎热、干燥的特点。全年的降水量一般为375～625毫米，夏季的降水量只占全年的10%左右。冬季气温为5～10℃，夏季气温为21～27℃。因此，地中海式气候的特点是夏季温热干燥，冬季温暖湿润，与温带大陆季风气候的夏季高温多雨、冬季寒冷干燥有显著的不同。

地中海式气候使得这些地区降水补给的河流冬涨夏枯；植被以耐旱灌丛为主，典型植物是油橄榄。这种独特气候地区的海滨是开展冬季旅游的良好场所。地方性气候

“人间四月芳菲尽，山寺桃花始盛开”。这是自居易游庐山看到的情景：山下四月份，花朵已经凋谢，而山上寺庙里的桃花才刚

刚盛开。这种同一大范围内的不同气候状况，平原和山区的显著差异，就是地方性气候，也叫“小气候”。

形成小气候的原因，有地表面性质不同造成的，也有人类、生物活动的因素。这种气候在垂直地面向上的延伸范围可达 100～200 米。在水平方向上，包括：处于微空间的微气候，如地面、植株、蜂房等；处于小空间的小气候，如草地、坡地、街道、农田、厂区、车间、洞穴等；还有从几公里到几十公里的局地气候，如林区、峡谷、沼泽、海岸、城市、山区、小岛等等。

谚语“一山有四季”，说明小气候特征在山区表现特别明显。有人曾在 6 月份从四川北部阿坝出发下山，当他经过海拔 3600 米的地方时，那里的山沟里还有冰雪；再下山走到海拔 2700 米的米亚诺地方，那里小麦已经返青；再往下到海拔 1500 米处时，地里的小麦将近黄熟了；而在海拔 1360 米的茂汶县，小麦已开镰收割；当晚间到达海拔 780 米的川西平原上的灌县时，小麦已收割完毕了。这个人在一天之中，竟经过了从播种到收割的四季。

地方性气候虽然主要由局地自然条件或人为条件所决定，但也受大范围的天气和气候条件的影响。掌握小气候的特点。改善小气候环境，做到因地制宜，这对工农业生产和人民生活都有十分重要的意义。

◎气候变迁

据资料考证，在距今约三千多年前，我国中原地区的气候比现在暖和得多。那里生存着许多热带和亚热带的动植物，热带标准动物——大象几乎随处可见。因此，当时的河南省会称豫州，“豫”字形象地比喻为一个人牵了一头大象。直到现在，河南省仍简称“豫”。

据我国科学家竺可桢的研究，近五千年来，我国曾出现过四次温暖期和四次寒冷期。它们是交替、周期性地出现的。这些事实说明：随着时间的推移，世界各地的气候状况是会发生很大变化的。这种变化，就叫气候变迁。

就全球范围的气候变迁来看，自地球形成以来，地球上的气候也曾发生过几次大的变迁。科学家研究表明:现在的热带地区,在几亿或几十亿年前,曾出现过寒冷的气候。那时整个地球大部分为冰雪覆盖,被称为大冰期时代。相反,现在极为寒冷的地区,也曾有过很温暖的气候,那时是温暖的间冰期时代。整个地球都经历过大冰期与间冰期交替的巨大变化。最近一次大冰期约在6000多年前结束。当前的地球正处在间冰期气候中。

气候变迁的原因十分复杂,特别是极长期中的气候变迁原因,目前尚未获得一致公认的准确结论。不过对变化周期较短的气候变化原因已基本搞清。如变化周期为2万年至10万年的,是地球公转的周期性变化等因素造成的;周期为2年、11年、35年的气候变化,是由于太阳活动、火山爆发、南北两极地区冰川的生消移动、海洋状况的变化等因素引起的。

近年来,许多地理学家发现:人类活动对气候变化有很大影响。如大面积的毁林开荒,改变了地面的反射率,减少了水气蒸发,造成局部地区干旱。而煤、石油、天然气等化石燃料的大量燃烧,造成空气中的二氧化碳含量增加,引起气温升高。这些都影响到气候变迁。

◎定时出现的信风

四百多年前,当航海探险家麦哲仑带领船队第一次越过南半球的西风带向太平洋驶去的时候。发现一个奇怪的现象:在长达几个月的航程中,大海显得非常顺从人意。开始,海面上一直徐徐吹着东南风。把船一直推向西行。后来,东南风渐渐减弱。大海变得非常平静。最后,船队顺利地到达亚洲的菲律宾群岛。原来,这是信风帮了他们的大忙。

我们知道。风是从高压地带吹向低压地带的。信风是在接近地面从纬度30°的副热带高压吹向赤道低压区的一种风。这种风在固定的地区定时出现,而且风向不变,非常守信用,所以人们给它起了个好听的名字——信风。由于地球自转所形成的地转偏向力在北半球总使空气运动向右偏,在南半球向左偏,因此,南北半球信风的风向很不一致。在北半球,风从东北刮向西南,称"东北信风”；在南半球，风从东南向西北刮，称“东南信风”。麦哲仑船队在通过太平洋时正是遇到“东南信风带”，然后再进入“赤道无风带”而最终完成这项伟大的创举的。

南北半球上的信风带会随着季节的变化而发生有规律的南北移动。如北半球太平洋上的东北信风带，每年 3 月份位于北纬 5°～25°，到了 9 月份，整个风带向北移动到北纬 10°～30°，到第二年 3 月份，整个风带又退回到北纬 5°～25°附近。这样，在信风带活动范围的特定区域内，就会出现信风周期性的变化现象。

在古代，全靠风帆来航行。因此，信风这种定期定向的独特风就成了国际商船远航的主要动力。由于信风对早期的国际贸易作出了杰出的贡献，因此，人们又叫它“贸易风”。

◎有规律的洋流

1856 年，一些落难的水手在大西洋一个海湾的沙滩上发现一只奇怪的沥青球，沥青球里包着一只椰子壳，里面有一张画着各种符号的羊皮纸。经过翻译知道，这是一封信，它是从遥远的大洋彼岸经过漫长的历程，准备漂到一个美丽的岛国。不料，海浪却把它推上了沙滩。

那么，人们怎么会想到利用海水来传送信件呢？原来，人们很早就发现，在大洋表面及深处，海水总是有规律地向着同一方向运动着，就像陆地上的河流，所以人们形象地把它称为“洋流”，也叫“海流”。

洋流形成的原因很多，也很复杂。信风和西风等定向风的吹送，是洋流形成的主要原因。同时，地球自转偏向力、海岸轮廓和岛屿的分布、海面水位高低不同、海水的温度和含盐度不同等，对洋流也有一定的影响。

南半球与北半球的洋流大致呈对称分布。在北半球的副热带洋面上，洋流基本上是围绕副热带高气压作顺时针方向流动，称为内循环；在大陆沿岸，还存在着沿岸流，作逆时针方向流动，称为外循环。在纬度 40°以北洋面，洋流是绕着副极地低气压作逆时针方向流动。南半球洋流方向与北半球正好相反。

洋流的存在对世界各地的气候影响很大。首先，因为海水的传热能力比大气高许多倍，所以洋流在低纬与高纬间的热量传输方面起了重要作用，调节了纬度间的温差。其次，由于海洋东西两岸冷暖洋流水温的差异，在盛行气流的作用下，使同纬度大陆东西两岸气温发生显著区别，破坏了气温随纬度增加而降低的分布规律。此外，暖流沿岸多降水，冷流沿岸多雾。

目前，人们主要利用漂流瓶来对洋流进行研究。科学家们在瓶中放人少量沙子作镇重物，并在其中放置明信片或特别表格。漂流瓶从船舶、渡轮、飞机或飞艇上抛人海中，要求拾到者通知发现该瓶的时间和地点，以便研究者分析洋流的方向、流速等因素。另外，海洋学家还可根据各种资料，如海上漂泊者的经历、浮石的旅程、船骸的踪迹、不同的海水温度、流动船站的观察记录等来确定洋流的范围、方向和速度，绘制出洋流图。今天，人们有了更精密的洋流仪器和人造卫星等的帮助，对洋流的认识又向前迈进了一步。

现在，全世界已发现有十二条大洋流，几十条小洋流。

◎厄尔尼诺暖流

进入 70 年代后，全世界出现的异常天气，有范围广、灾情重、时间长等特点。在这一系列异常天气中，科学家发现一种作为海洋与大气系统重要现象之一的“厄尔尼诺”潮流起着重要作用。

“厄尔尼诺”是西班牙语的译音，原意是“神童”或“圣明之子”。相传，很久以前，居住在秘鲁和厄瓜多尔海岸一带的古印第安人，很注意海洋与天气的关系。他们发现，如果在圣诞节前后，附近的海水比往常格外温暖，不久，便会天降大雨，并伴有海鸟结队迁徙等怪现象发生。古印第安人出于迷信，称这种反常的温暖潮流为“神童”潮流，即“厄尔尼诺”潮流。

厄尔尼诺是一种周期性的自然现象，大约每隔 7 年出现一次。近年来，科学家通过对全球气候的研究，认为厄尔尼诺不是一个孤立的自然现象，它是全球性气候异常的一个方面。在正常年份，秘鲁西海岸的太平洋沿岸地区都受一股冷洋流控制，有一个范围很大的天然渔场。一旦出现气候异常，东太平洋的冷洋流即被一股暖洋流所代替。厚度达 30 多米的暖。洋流覆盖在冷洋流之上，使大量冷水性的浮游生物遭到灭顶之灾，纷纷逃离或死亡，这就是厄尔尼诺现象。

气象学家对厄尔尼诺的研究，还是 20 世纪 60 年代后期的事。他们查阅了第二次世界大战以来 30 余年的天气档案，发现几次重大的“厄尔尼诺”现象发生年，都出现过全球性的天气异常。1972 年的全球天气异常，就与当年厄尔尼诺暖流特别强大有关。这一年我国发生了新中国建国以来最严重的一次全国性干旱。与此同时，有一些国家和地区却发生了严重洪水，非洲突尼斯出现了 200 年一遇的特大洪水，秘鲁出现了 40 年来最严重的水灾。1982 年底又出现了厄尔尼诺暖流，东太平洋近赤道地区的海水异常增温，范围越来越大。圣诞节前后，栖息在圣诞岛上的 1700 多只海鸟不知去向；接着秘鲁大雨滂沱，洪水泛滥。到 1983 年，厄尔尼诺现象波及全球，美洲、亚洲、非洲和欧洲都连续发生异常天气。

据美国科学家的最新研究，厄尔尼诺现象可能是由于水下火山熔岩喷发引起的。熔岩从大洋底部地壳断层喷出。将巨大的热量传给赤道附近的太平洋海流，使海水增温变暖，从而导致东太平洋海区水温及海流方向的异常。

广阔富饶的土地

土能生万物，地可发千祥。土地是一切生产和一切存在的源泉。今天的科学技术虽为人类的食物来源展现了异常迷人的前景，可是，还没有任何一个科学家敢断言，将会有某种物质来代替土地而成为人类食物的源泉。

土地资源是指已经被人类所利用和可预见的未来能被人类利用的土地。土地资源既包括自然范畴，即土地的自然属性，也包括经济范畴，即土地的社会属性，是人类的生产资料和劳动对象。

◎土地资源的概念

土地资源是在目前的社会经济技术条件下可以被人类利用的土地，是一个由地形、气候、土壤、植被、岩石和水文等因素组成的自然综合体，也是人类过去和现在生产劳动的产物。因此，土地资源既具有自然属性，也具有社会属性，是“财富之母”。土地资源的分类有多种方法，在我国较普遍的是采用地形分类和土地利用类型分类：

(1)按地形，土地资源可分为高原、山地、丘陵、平原、盆地。这种分类展示了土地利用的自然基础。一般而言，山地宜发展林牧业，平原、盆地宜发展耕作业。

(2)按土地类型利用，土地资源可分为已利用土地的耕地、林地、草地、工矿交通居民点用地等；宜开发利用土地的宜垦荒地、宜林荒地、宜牧荒地、沼泽滩涂水域等；暂时难利用土地的戈壁、沙漠、高寒山地等。这种分类着眼于土地的开发、利用，着重研究土地利用所带来的社会效益、经济效益和生态环境效益。评价已利用土地资源的方式、生产潜力，调查分析宜利用土地资源的数量、质量、分布以及进一步开发利用的方向途径，查明目前暂不能利用土地资源的数量、分布，探讨今后改造利用的可能性，对深入挖掘土地资源的生产潜力，合理安排生产布局，提供基本的科学依据。

它有如下几个特征：

(1)土地资源是自然的产物；

(2)土地资源的位置是固定的，不能移动；

(3)土地资源的区位存在差异性；

(4)土地资源的总量是有限的；

(5)土地资源的利用具有可持续性；

(6)土地资源的经济供给具有稀缺性；

(7)土地利用方向变更具有困难性。

◎耕地资源

耕地是由自然土壤发育而成的，但并非任何土壤都可以发育成为耕地。能够形成耕地的土地需要具备可供农作物生长、发育、成熟的自然环境。具备一定的自然条件：(1)必须有平坦的地形，或者在坡度较大的条件下，能够修筑梯田，而又不至于引起水土流失，一般超过25℃以上的陡地不宜发展成耕地；(2)必须有相当深厚的土壤，以满足储藏水分、养分，供作物根系生长发育之需；(3)必须有适宜的温度和水分，以保证农作物生长发育成熟对热量和水量的要求；(4)必须有一定的抗拒自然灾害的能力；(5)必须达到在选择种植最佳农作物后，所获得的劳动产品收益，能够大于劳动投入，取得一定的经济效益。凡具备上述条件的土地经过人们的劳动可以发展成为耕地。这类土地称为耕地资源。耕地资源包括两种类型：一是已开发利用的土地，即耕地；二是尚未开发利用的土地，即荒地。

耕地总资源：指能够种植农作物的田地。包括当年实际耕种的熟地；新开荒且已种植的地；“沿海”、“沿湖”地区已围垦利用三年以上的“海涂”、“湖田”；弃耕、休闲不满三年，随时可以复耕的地；因灾害或其它因素，虽然当年内未种植农作物但仍可复耕的地；以种植农作物为主，附带种植桑树、果树和其它林的地；年年进行耕耘种草的地。不包括：因灾害或其它因素，已不能复耕的地；弃耕、休闲满三年的地，或者虽不满三年，但已经成为荒地的土地；不进行耕耘，净地种植牧草已成为永久性草地的土地；专业性的桑园、茶园、果园、果木苗圃林地、芦苇地、天然草场等；以混凝土等铺设的温室、玻璃室，导致栽培的植物体与地面隔绝的基地。

耕地资源分类

(1)根据耕地性质，耕地总资源又分为常用耕地和临时性耕地。

常用耕地：是指专门种植农作物并经常进行耕种、能够正常收获的土地。包括土地条件较好的基本农田和虽然土地条件较差，但能正常收获且不破坏生态环境的可用耕地。常用耕地作为我国基本的、宝贵的土地资源，受到我国《土地法》严格保护，未经批准，任何个人和单位都不得占用。

△ 宝贵的土地资源

临时性耕地：又称“帮忙田”，是指在常用耕地以外临时开垦种植农作物，不能正常收获的土地。包括临时种植农作物的坡度在25度以上的陡坡地，在河套、湖畔、库区临时开发种植农作物的土地以及在废旧矿区等地方临时开垦种植农作物的成片或零星土地。根据我国《水土保护法》规定，现在临时种植农作物坡度在25度以上的陡坡地要逐步退耕还林还草，在其它一些地方临时开垦种植农作物，易造成水土流失及沙化的土地，也要逐步退耕。因此，我们又可称这部分临时性耕地为待退的临时性耕地。

(2)根据耕地当年利用情况可分为当年实际利用的耕地和当年闲置、弃耕的耕地。

当年实际利用的耕地：指当年种植农作物的耕地。

当年闲置、弃耕的耕地：指由于种种原因，当年未能种植农作物的耕地。包括轮歇地、休耕地，因干旱、洪涝及其它自然和经济原因未能种植农作物的耕地。

(3)根据耕地的水利条件，可分为水田和旱地。旱地又分水浇地和无水浇条件的旱地。

水田：指筑有田埂(坎)，可以经常蓄水，用来种植水稻、莲藕、席草等水生作物的耕地。因天旱暂时没有蓄水而改种旱地作物的，或实行水稻和旱地作物轮种的(如水稻和小麦、油菜、蚕豆等轮种)，仍计为水田。

旱地:指除水田以外的耕地。旱地包括水浇地和无水浇条件的旱地。

水浇地:是指旱地中有一定水源和灌溉设施，在一般年景下能够进行正常灌溉的耕地。由于雨水充足在当年暂时没有进行灌溉的水浇地，也应包括在内。没有灌溉设施的引洪淤灌的耕地，不算水浇地。无水浇条件的旱地:是指没有固定水源和灌溉设施，不能进行正常灌溉的旱地。

世界耕地资源概况

世界耕地资源的数量正在减少，后备耕地资源有限，耕地质量受到严重退化的威胁。

世界上现有耕地 13.7 亿 hm^2，但每年损失 500 万～700 万 hm^2。在许多发展中国家，人口众多且增长迅速，而可供开垦的土地资源已十分有限，人与土地资源的矛盾日益突出。联合国环境规划署主持的一份新的研究报告中指出，过去的 45 年中，由于农业活动、砍伐森林、过度放牧而造成中度和极度退化的土地达 12 亿 hm^2，约占地球上有植被地表面积的 11%。据 UNEP 统计，世界旱地面积 32.7 亿 hm^2，受沙漠化影响的就有 20 亿 hm^2，占 61% 之多。世界每年有 600 万 hm^2 土地变成沙漠，另有 2100 万 hm^2 土地丧失经济价值。沙漠化威胁着世界 100 多个国家和 8 亿多人口。世界上大部分地区都存在土壤侵蚀问题，每年流失土壤达 250 亿吨，高出世界上土壤再造速度数倍。全世界每年由于水土流失损失土地 600 万～700 万 hm^2，受土壤侵蚀影响的人口 80%在发展中国家。全世界 12 亿 hm^2 中度、严重和极度退化的土壤中，亚洲面积第一位，占全世界的 37.8%；其次为非洲，占世界的 26%；第三位是欧洲，占全世界的 13%。从本区域的相对危害程度来看，中度以上退化率最高为中美洲和墨西哥，退化率为 24%，其后为欧洲(17%)、非洲(14%)和亚洲(12%)。

◎黑土地

黑土地是大自然给予人类的得天独厚的宝藏，是一种性状好、肥力高，非常适合植物生长的土壤。全世界仅有三大块黑土区：

一、是分布在乌克兰大平原，面积约 190 万平方公里；

二、是分布在北美洲密西西比河流域，面积约 120 万平方公里；

三、是分布于我国松辽流域的东北黑土区，面积约 102 万平方公里，是被誉为“北大仓”的我国重要的商品粮基地。

由于黑土地土地肥沃，这三大块黑土区均为所在国家的重要的农业产品基地，因此，三大黑土区的垦殖指数均比较高。在各黑土区的开发垦殖过程中，都曾发生过严重的水土流失问题，如美国、乌克兰等地发生的“黑风暴”等。

◎林 地

林地是指成片的天然林、次生林和人工林覆盖的土地。包括用材林、经济林、薪炭林和防护林等各种林木的成林、幼林和苗圃等所占用的土地，不包括农业生产中的果园、桑园和茶园等的占地。在《中华人民共和国森林法》中，对林地所作的解释是：“林地包括郁闭度 0.2 以上的乔木林地竹林地，灌木林地疏林地，采伐迹地，火烧迹地，未成林造林地，苗圃地和县级以上人民政府规划的宜林地。”

林地

按土地利用类型划分，林地是指生长乔木、竹类、灌木、沿海红树林的土地，不包括居民绿化用地以及铁路、公路、河流沟渠的护路、护草林。

林地又分出有林地、灌木林、疏林地、未成林造林地，迹地和苗圃6个二级地类。

主要用于林业生产的地区或天然林区统称为林地。世界的天然林区主要分布在热带雨林带和亚寒带针叶林带，以及中、低纬度的山区。据2000年统计，世界森林面积为38.6亿公顷，森林覆盖率约为30%。我国宜林地面积约占全国土地面积的25%以上。2000年底我国森林覆盖率为13.9%。

林地分类

序号	一 级	二 级	三级
1	有林地	乔木林	纯林
			混交林
		红树林	
		竹林	
2	疏林地		
3	灌木林地	国家特别规定灌木林	
		其它灌木林	
4	未成林造林地	人工造林未成林地	
		封育未成林地	
5	无立木林地	采伐迹地	
		火烧迹地	
		其它无立木林地	
7	宜林地	宜林荒山荒地	
		宜林沙荒地	
		其它宜林地	
8	辅助生产林地		

◎草场资源

草场是农业用地的一种，指用于畜牧业生产的土地。包括天然牧场、割草场、人工草场、半人工草场、草库伦及饲料轮作区。天然草场按植物区系的特点和植被分布的地带性规律，分为森林草原、草原、荒漠草原。还可根据草场地带性植被基本型，结合大地貌特征的一致性，植被亚型与土壤母质条件的一致性，植物群落中优势植物与利用方式的一致性，采用三级分类系统，分成若干草场类型。按人类干预程度分为天然草场、人工草场、半人工草场。按利用季节分为夏秋草场、冬春草场。牧地是发展畜牧业不可缺少、不可代替的生产资料。故保护、利用、改造、建设牧地，提高其生产能力，是发展畜牧业，实现稳产高产的根本措施。世界上的牧地及草场总面积约 31.17 亿公顷，占陆地总面积的 23.3%。其中以澳、俄、中、美、巴西等国面积最大。中国的草场属于亚欧大陆草原的一部分，面积达 3.15 万公顷，约占国土总面积的三分之一左右，呈带状分布在北起松嫩平原和呼伦贝尔草原，经内蒙古高原、鄂尔多斯高原折向西南，一直到青藏高原南缘，绵延 5000 多公里。其类型分成北方牧区的温带草原，青藏高原的高寒草原，新疆天山、阿尔泰山荒漠区的山地草原。由于草原质量不高，加之利用不合理，草场不断退化，必须采取有力措施加以整治，提高产草量和载畜量。

草场资源又称草地资源。指生长多年生草本植物（或可食灌木）为主的、可供放养或割草饲养牲畜的土地。2000 年世界草地面积 30.9 亿公顷，占全球陆地总面积的 20.8%。其中以温带草原分布最广，如亚欧大陆中部、北美洲中南部、南美洲中南部、非洲部分地区及大洋洲的澳大利亚和新西兰。此外尚有热带草原和山地草原。草原中最优良的为豆科牧草，其次是禾本科牧草。草场资源是发展畜牧业的前提条件。草场的质量对畜群的构成和载畜量影响较大。通常水草丰富的高草草原适于放牧牛、马等大牲畜；荒漠草原多为小型丛生禾草，可放牧羊群；以灌木、半灌木为主的稀疏荒漠草原，只能放牧骆驼和山羊。草场资源是生物圈的重要组成部分，在维持生物圈的生态平衡上起着重要作用。同时，它自身又是一种复杂的生态系统，在合理利用条件下，能不断更新和恢复。若外界自然条件恶劣，特别是人为因素（如滥垦和过度放牧），破坏了生态系统，甚至超过调节极限，则会造成不良后果，甚至引起沙漠化。

物产丰富的海洋

◎海洋概述

汪洋大海，白浪滔天。见过海洋的人，无不被那汹涌澎湃的海上景象所吸引。

从渤海之滨，到南海诸岛，到处响起向海洋进军的号角。沿海广大群众与海洋科技人员，和波涛汹涌的大海进行着顽强的斗争。他们用那涨落的潮汐发电；让大洋里的“河流”——海流推动航船前进；把那苦咸的海水变淡，并从海水中晒制食盐和提取各种元素；在那广阔的海滩上修堤筑坝，开垦海上良田；从那深深的海底开采石油和天然气；还在那茫茫的大海扬帆下网捕捞千万吨鱼虾……

◎海与洋

世界海洋的总面积为 3.6 亿平方千米，占地球总面积的 70%以上。大陆不过是海洋中的“岛屿”。海洋深度的计算，是以海平面为基准面的，基准面以上是海拔高度，以下是海洋深度。陆地平均高度为 840 米，而海洋平均深度为 3800 米。假如地球具有平坦的球面，那么整个表面就要覆盖一层深达将近 3000 米的海水。

就海洋的地理位置和自然条件来说，地球上的海洋可分为主要部分和附属部分，前者称做“洋”，后者就叫“海”。地球上的大洋共有四个，即太平洋、大西洋、印度洋和北冰洋。

太平洋是世界第一大洋，南北之间长度(从白令海峡到南极洲附近)为 15900 千米，最大宽度(在巴拿马至菲律宾的棉兰老岛之间)为 17200 千米，它的面积约为 17968 万平方千米占大洋总面积的 50%左右，相当于大西洋的两倍。太平洋的水量几乎占全部地球水量的一半。太平洋的面积,要比世界上所有陆地(连同南极洲在内)的面积总和还大五分之一。太平洋不仅最大,也最深,它的平均深度为 4300 米。世界上最深的地方马利亚纳海沟就在太平洋西部,其深度为 11022 米,比世界上最高的山峰——喜马拉雅山的珠穆朗玛峰(高达 8843 米)还要多 2139 米。太平洋还是世界上岛屿最多的洋,除伊里安岛、加里曼丹岛等这些大岛外,还有多如繁星的火山岛和珊瑚礁。太平洋的南部岛屿较多。太平洋的北部是巨大的北太平洋海底平原。太平洋航运发达,东渡巴拿马运河与大西洋相连,西穿马六甲海峡可达印度洋。我们伟大的祖国就位居太平洋的西北岸。

大西洋位于欧洲和非洲之西,南、北美洲之东,南临南极洲,北连北冰洋,形状犹如"S",面积 9336 万平方千米。大西洋平均深度 3926 米。海底中央有明显隆起,向南北伸延,称为"大西洋海岭"。东西两侧是一连串的深海盆地。大西洋中部通过巴拿马运河与太平洋沟通;通过地中海、苏伊士运河、红海可进入印度洋。大西洋的航海历史悠久。早在公元前 1200 年,人们就开始了大西洋的航行。随着欧洲人到达美洲大陆和绕行非洲航线的开辟,大西洋成了世界航海最发达的海区。

印度洋是次于太平洋和大西洋的第三大洋,面积 7491 万平方千米,平均深度 3897 米,最大深度 7450 米。印度洋大部分地区在热带,洋面平均温度在 17℃左右。印度洋的东、西、北三面为大洋洲、非洲和亚洲,它是贯通亚、非、澳三洲的交通要道。往北通过曼德海峡和苏伊士运河可进入地中海,向东经马六甲海峡进入太平洋,向西绕过非洲南端可到达大西洋。印度洋也具有悠久的航海历史。过去殖民主义者就是通过这条航道来到亚洲的。

北冰洋位于亚洲、欧洲和北美洲之间,大致以北极为中心。它是四大洋中面积最小的一个,只有 1310 万平方千米。还不到大洋总面积的 4%,所以有的人把它看作是一个"地中海",它在四大洋中温度也最低,表面水温多在-1.7℃左右,是一个"千里冰封"的世界。

"海"与"洋",是两个不同的概念,但又不能截然分开。洋的面积广大,彼此相连,占海洋面积 80%以上,而海的面积较小。洋犹如地球上水域的心腹，海就像她的肢体。“海”是“洋”的一部分。大洋的水文气象要素及其变化独成一个系统，受陆地影响较小，比较稳定，而海的水文气象要素，除受洋的影响外，还受其相邻陆地的很大影响，因此变化较大。

我们伟大的祖国面临的海洋，面积非常辽阔，她位于太平洋的西部，亚洲大陆的东部，是整个太平洋的一部分。因为她在我国大陆边缘，所以又叫中国海。按照地理位置和自然条件的不同又划分为：渤海、黄海、东海和南海。

◎前景广阔的海底石油和天然气

19 世纪 90 年代，人类便在沼泽地带寻找石油了。

随着科学技术的发展，钻探活动先是移动到湖泊、河流，河流的入海口、海湾。

海底石油和天然气储量极为丰富，在海洋矿产资源中居首位。法国石油研究所曾估量，世界可采石油资源最大储量为 3000 亿吨。其中海底石油占 45%，为 1350 亿吨；美国海洋资源工程委员会则估计，世界石油可采量为 2330 亿吨，海底石油为 780 亿吨，占三分之一。

海洋天然气储量，据国际天然气工业研究所估计，为 140 亿立方米，约占世界天然气总储量的 50%。

海底天然气从 1897 年在美国加利福尼亚州米兰开始了第一次海上钻井，1947 年墨西哥湾钻成一口近海油井，人类开发海底石油已有近百年历史了，人类的开发能力一天比一天提高。

上世纪 60 年代以来，从事海底石油和天然气勘探的国家，最初是 20 个，到 90 年代初，已经增加到 1100 多个，勘探的范围除南极洲外，遍及所有大陆架，有的已深入到较深的大陆坡和深海区。

勘探技术也日臻完善。19 世纪末年，只能在木筏上勘探海岸。近些年来，电子技术、数据处理技术等最先进的技术用于勘探，给人类带来了巨大的生产力，大大提高了资源勘探效果。固定式钻井平台已达到了 200 米的水深，自升式钻井平台的腿长 90～100 米，新兴起的半潜式和钻探船可在 3000 米以上的水深中钻探。建在钢筋混凝土柱子上的城市，它可以傲然挺立在风浪咆哮的海面上。这个方面的科学和技术上所能达到的水平，是人类征服海洋，利用海洋的最好例证。

勘探发现的500多个油田中，现在已有230多个进入生产阶段。

海上石油和天然气的输送技术也有个发展过程。二般石油和天然气的输送方法有两种：一种是采用驳船，包括运输天然气船；另一种采用管道，将油管和天然气管道铺设到海岸上。装油船和输油管道是随着海上油气开发的发展而发展起来。

开发海底油气的新技术还在迅速发展。现在近海生产活动将要在水深2000米的海区里进行。广泛地使用各种遥控作业船和常压载人潜水器，进行监测和海底作业，促进了现有工作能力的改善、简化，扩大作业范围。

在北美大陆区域，随着大陆架上石油的大量发现，这里成了富有国家的人才、财力的聚集点，目前，人们在大陆架石油开采上已投资500亿美元，海上石油工业提供的石油占全球石油总产量的20%。

将来的石油工业在海洋，这是被先进的科学技术证明了的。大陆上，将不会再有第二个中东了。现在英国已经能够钻到水下6000英尺处，海底石油给这个国家带来了巨大的财富。

美国马萨诸州伍兹霍尔海洋研究所著名地质学家埃麦·里博士说："海底石油比陆地石油多得多。因为无论你在哪里开采石油，甚至在沙漠上，那里以前也曾是海底。石油主要由海洋动物植物遗骸沉积而成，通常的理论认为，必须先有富氧的环境和丰富的微生物堆积，厚度2～3千米，然后得有覆盖层的关闭、绝氧，在热和压力作用下演化成石油。"

"现在一年，全球海底矿藏开采的总产值为700亿美元，石油和天然气占其中绝大部分，几乎为渔业生产的四倍。随着海底石油更多地被发现，这种不平衡还会加大。"

海底资源一词，过去是用来表示鱼类的，现在不同了，石油是海底资源的重要部分。

19世纪80年代末90年代初，世界石油价格曾不断下跌，不少公司纷纷缩减其在全球各海域的勘探投资，收缩力量，出卖设备，裁减人员，有些小石油公司在这种情况遭到吞并，世界石油生产呈下降趋势。

1990 年 8 月以后，世界头号产油国俄罗斯的原油产量出现大幅度下降。1990 年上半年俄罗斯石油平均日产量为 1173 万桶，而下半年，平均每天要减少 60 万桶。这是因为原来的油田储油量不断减少，开发新油田又缺乏大量资金投入。这种局势，将会在其他国家也出现。

与世界石油勘探、生产形势相比，中国的海底石油和天然气的生产具有更加光明的前景。

中国海域辽阔，大陆海岸线长 18000 多千米，传统海疆面积约 473 万平方千米，大陆架面积 130 万平方千米。经过 30 多年的调查勘探和研究工作，现已查明有 17 个以新生代沉积为主的中、新生代沉积盆地。估计有许多盆地的油气资源量达到 100～130 亿吨，构成了环太平洋区大含油气带西带的主体部分，是中国油气资源的重要战略后备基地。

进入 90 年代，英国石油公司发明了一种勘探近海油田的新技术，当外面包着很薄很薄油膜的天然气气泡从海底油口冒上来后，天然气消散在空气中，而油膜则会留在水面上。油膜遇到紫外线幅射时，即会发出荧光或可见光，这种荧光或可见光就成为告诉人们新油田可能蕴藏的位置的指示器。英国石油公司的这项新发明叫“空中激光传感”法，具体作法是用飞机从空中向海面发射激光，使海面油膜发出荧光，之后，再用荧光传感器搜索海面荧光。还有一种方法是利用太阳发出的紫外光进行探测的方法，这项技术也是英国人发明的，在飞机上安装上极其灵敏的荧光传感器，它能够感知非常微弱的荧光。使用这种非常灵敏的荧光，能够使飞机在几百英尺的海面高空上看清厚度只有二万分之一毫米的油膜。

关于开采海底石油和天然气的方法，进入 90 年代后也有较大发展，法国和挪威实施了一项名为“波赛顿系统”的计划，该计划以海底中央站为中心，用泵来连接海底油井与沿岸的处理设施，以减少海底石油、天然气的采掘成本。这套系统的中央站完全用机器人来操作，不需要潜水员及其他工作人员，连结油井与海岸的导管采用遥控与遥测系统，操作与维护比老办法简化了许多。

中国近海石油还处在勘探阶段，现在只有渤海进行部分开发。另外，从1980年开始，中法、中日先后在渤海中部、西部和南部进行联合勘探开发。1981年在中曰合作区打了第一口预探井，日产原油达千吨，天然气约60万立方米；同年10月，又打出了一口井，日产原油270吨，天然气33000立方米；1982年4月，中日合作打完。第一口详探井，日产原油390吨，天然气70800立方米；80年代末期，又接连打出了一部分。

在东海，1981年8月，中国在东海龙井构造上打成了第一口探井，井深为3400多米，发现了多层高压天然气和油砂；1982年，中国的“渤海—4”号和“勘探—2”号钻井平台，又相继在东海打出了两口探井。南海区域也证实有巨厚的第三系含油气地层，1980年4～5月间，中国与法国合作在北部湾打出了一口高产油井，日产原油320吨，天然气7万立方米；1981年元月又打了第二口井；1982年7月，在涠洲岛南部海区打成一口高产油井，初步获得日产135立方米的轻质，低蜡、不含硫的优质原油；同年9月；中国与美国石油公司签订了莺歌海部分海区的联合勘探开发石油的合同。

中国的勘探设备也不断发展，1972年自行建造了一座自升式海洋石油平台——“渤海一号”；1979年又自行建造了“渤海三号”自升式海洋钻井平台；“渤海五号”、“渤海七号”等后续船也陆续建成；另外，还坚持了“两条腿”走路的原则，从国外引进了几艘较先进的设备，并建成了十多座固定桩基式钻井、采油平台。

海洋石油的运输，中国也做了很大的努力，现在，在青岛、大连等地建成了海底输油管道及供装油用的多处系泊设施。

中国在上世纪50年代前，曾被国外的许多人断言为是贫油国，事实已经打破了这些谎言。现在，陆上不谈，仅海洋石油技术队伍已发展到数万人，已形成了一支能勘探和开发的海洋石油产业大军，拥有了测深、地震、磁力，重力等仪器以及先进的平台。

就全球来说，海洋石油和天然气的开发利用是不容乐观的，有人推测，如果把海底石油和天然气全部开发出来，按目前的耗油量，大约只能使用270年。

◎缤纷的海藻世界

在茫茫大海中荡漾着的藻类，有的随波逐流，有的固着生长；有的形如马尾，有的飘似彩带。小的必须用显微镜才能看得见，大的可达百余米，重几百千克。它的分布范围很广，所有藻类的三分之二见于海洋中，仅有三分之一生活于淡水。它们对温度的适应范围很宽，有的不怕炎热，在80℃的高温条件下可以生活；有的对零下几十度的严寒也能适应。有的海藻寿命很短，有的却可长达70年之久。它们生长很快，产量很高，有些水域每1万平方米的范围内，每年平均可收获5000千克海藻干品。

海藻种类很多，其中大部分是浮游藻类，几乎占所有藻类的99%以上。它们的总重量比鱼类多万倍以上，它们主要为单细胞水生植物，靠阳光和海水里的营养盐类生活。它们是一切海洋动物的“粮仓”。然而，它们个体很小，不能被人们所利用，所以，一般所说海藻资源主要是指褐藻、红藻、绿藻、蓝藻等。

绿藻含有叶绿素，所以叶片翠绿，犹如菠菜。常见的有石莼、浒苔和礁膜等。红藻有4000多种，绝大部分分布于海洋，如著名的紫菜、石花菜等。褐藻呈褐色，约有1500种，如人们熟知的海带、裙带菜以及形如鹿角的鹿角藻、细长如绳的绳藻、甚至长达百米的巨藻等都属此类。

海藻也和陆生植物一样，能在光照条件下进行光合作用，所以它分布的范围多是在沿岸浅海或光线能透过的海水上层。随着海水深度的增加，不仅光线强度逐渐减弱，而且光谱组成亦有明显的变化，按照红、橙、黄、绿、青、蓝、紫光的顺序先后被海水所吸收。由于各种海藻需要的光强和波长不同，所以它的分布深度也不一样。绿藻主要吸收利用红光，多分布于5～6米深的上层。褐藻吸收利用橙光和黄光，所以生活在水深30～60米以内。再往下是红藻和蓝藻，它们能吸收绿光和黄光，在百米深处也能生长。

海藻的营养价值很高，有70多种可供人类食用。被人类称为“第三种粮食资源”。据分析，海带是营养价值很高的大众化食品，含褐藻酸24.3%，粗蛋白5.97%，甘露醇11.13%，灰分19.36%，钾4.36%,碘0.34%,海带还含有大量的降低血压、治疗气管炎、哮喘,促进妇女分泌乳汁等的医药成份。而裙带菜的干品含粗蛋白11.26%,碳水化合物37.81%,脂肪0.32%,水分31.35%,灰分18.93%,还有很多维生素。紫菜的营养价值也很高,每千克含蛋白质245克,脂肪430克,碳水化合物310克,还含有钙3300毫克,磷4400毫克,铁320毫克以及许多维生素。

除了食用外,海藻还有许多其他用途。

从褐藻中提取的藻朊酸盐,可用于生产纸张、化妆品、纺织和金属加工。在食品上的用途也很广泛,如作凉菜调味乳液的稳定剂,果汁软糖配剂,啤酒泡沫稳定剂,控制冰淇淋冰晶体大小,乳酪组织改良剂,生产人造樱桃以及涂在冻鱼上,防止贮藏期间鱼肉腐烂变质。在制药上用于制作药丸、软膏、牙膏、润肤脂、发蜡、洗发剂和肥皂的粘合剂。此外,还可用于制造油漆、染料、沥青、合成木材、绝缘产品、搪瓷和陶瓷、灭火泡沫、炸药、润滑剂和冷却剂。

从海带、马毛藻中可提取褐藻酸、甘露醇、碘、氯化钾等产品。这些产品在工业上用途很大。如褐藻胶可用以浆纱,还可用以拨染印花浆、作纸板层电池、作止血海绵或止血纱布。在食品上,可以作冰糕、糕点、糖果等。海带中碘的含量为0.3%~0.7%,比海水中的含碘量高一百万倍。碘的用途更大,它可以作火箭燃料的添加剂,还可以作成碘化银,当作人工降雨的催化剂。在冶金、橡胶、染料、照相材料和人工制革上用处也很多。

从紫菜中可提取出琼脂,它很适用于微生物学的研究,也广泛用于食品加工、化妆工业以及需要准确塑造的物品,如制罐头的填充物,糖果的凝固剂等。

海藻还可以作饲料和肥料。有一种蓝藻叫螺旋藻,蛋白质含量高达60%~70%,是一种有潜力的饲料,也可以作为食用蛋白质的来源。用海藻喂牛,产乳量可提高三分之一;喂鸡,产蛋量可提高10%。由于海藻含有氮、磷、钾等,所以对农作物有明显的增产效果。美国用海藻萃取物和水解鱼液的混合液,少量喷洒到作物上,结果使麦穗比喷洒前增重25%,使大豆、苜蓿和玉米的产量比原先估计的增加2倍。这种混合肥料具有一种天然抗生素和杀虫剂效果。

各种海藻的色素也是一种新资源，在医药、食品、工业和制造激光开关方面都有广泛用途。如红藻中含有的叶绿素，可以制作红宝石激光器的开关，以代替价值昂贵、又有毒性的材料，还可用作为全息照相、激光探针等的制作原料。

海藻中可作药用的很多。已知的有 230 多种海藻可以提取各种各样的抗生素。如海带可以治疗甲状腺肿（即大脖子病），还可降低血压。鹧鸪菜、海人草都有明显的驱蛔虫、鞭虫和蟓虫的效能，树状软骨藻有驱蛲虫和蛔虫的作用。石花菜对流行性感冒及流行性腮腺炎病毒有抗病毒效能。从褐藻中提取的藻酸盐，可以阻止肠道对于放射性锶的吸收。锶是核爆炸放射性沉降物中危害最大的一种。口服褐藻酸钠可在肠道内形成一种不溶性凝胶，随粪便排出体外，可用于解毒。海藻中的一些物质还能缓解心绞痛、气管炎、哮喘等，也可治疗高胆固醇、高血压及动脉硬化症。

◎海洋生命的主体

辽阔的海洋里有着极为丰富的鱼类资源。在那万顷波涛之间，金灿灿的黄鱼，银闪闪的带鱼，急驰如箭的旗鱼，成群结队的鲱鱼，广舒双“翅”、凌空滑翔的飞鱼，体色斑驳的鼊鲷，凶相毕露的鲨鱼以及其他种类繁多的鱼类，构成了海洋生命的主体。它们是人类直接食用的蛋白质的重要来源之一。

第二次世界大战以来，渔业是世界上增长最快的食品工业，并被誉为“解救人类饥饿的主要武器”。五十年代，世界每年的海洋鱼产量不足 2000 万吨，至 1971 年，鱼类年产量猛增至 7000 万吨，1984 年和 1985 年全世界年产量在 7800 万吨左右。

鱼类浑身都是宝。自古以来，鱼类就是人类餐桌上的佳肴，令人喜爱的食品。久负盛名的鲨鱼翅，被誉为三大名菜之一。鱼的营养价值很高。据分析。它含蛋白质 10%～30%，其中包括人体所必须的八种氨基酸，还有易被吸收的脂肪和钙、磷等重要矿物质及主要的 B 族维生素。鱼肉也比其他动物肉更易被消化和吸收。其次，鱼类也是重要的工业原料。鱼鳞可以制成鱼鳞胶、盐酸、尿素、磷酸钙、鳞光粉等。带鱼鳞可制成咖啡因，是多种药品的原料，也可制造多种生化试剂。鱼皮可熬胶，作木材加工的粘合剂，鲨鱼皮还可制革。鱼头、鱼骨及其他废弃物可加工成鱼粉，用作家畜饲料和农业肥料。鱼油可以制造肥皂和润滑油，并用以鞣制皮革。鱼鳔既可作美味的"鱼肚"，也可以炼制鳔胶或作外科手术的缝合线。鱼肝可以提取鱼肝油，垂体可以提取激素。此外，不少鱼类可作药用。有一种粘盲鳗，从它的神经腮腺中提取出的盲鳗素是一种强效心脏兴奋剂和升血压剂。有一种魟的毒液，可以产生轻微的中枢神经系统效应和显著的心脏效应。鳕鱼肝油和比目鱼肝油是治疗维生素 A、D 缺乏症的良药，配成药膏可治疗动物的伤口、烧伤和脓疮，海马、海龙有补肾壮阳、镇定安神、散结消肿、舒筋活络、止咳平喘之效。

鱼的种类很多，全世界约有 25000～30000 种，其中海洋鱼类超过 16000 种，我国海域中约有 2000 种。它们彼此大小相差悬殊，大者如鲸鲨，可达 20 米长，数吨重；小者仅有 2 厘米。有些种类数量很少，真正成为捕捞对象的约有 200 种。

鱼类的食性也是多种多样的。有些鱼如鲱、蓝圆鲹、鲐鱼、沙丁鱼、甚至最大的鲨鱼——鲸鲨、姥鲨等，都是以浮游动物为食，依靠鳃耙从海水中滤取小动物吃；有些则是凶猛的肉食性鱼类，如带鱼、鲨鱼等，它们捕食各种小型鱼类。而底栖鱼类以底栖动物为食，遮目鱼专吃浮游藻类，还有的则属于杂食性鱼类。从渔获量上看，以吃浮游生物的鱼类为最多，产量最高，可占总渔获量的 75%，肉食性凶猛鱼类占 20%，食底栖生物的占 4%，杂食性鱼最少，只占 1%。其中，鲱鱼和沙丁鱼的产量占世界渔业生产的 17.6%，居世界首位，鳕鱼占第二位。

从鱼类的分布上看，有些鱼类喜游海水上层，有的愿栖于海底，有的又多在中层生活，还有些生活在深海里。有些属大洋性鱼，更多的是生活在大陆架。

各种鱼类在种种变化的海洋环境中，互相之间形成错综复杂的关系，如个体间关系，亲代与子代关系，雌雄关系及捕食关系等，本身构成社会性生活。而对鱼的个体来说，在它的一生中要经历几个不同的发展阶段，如卵子时期、稚鱼期、索饵洄游期、成鱼期及产卵期等，其间要发生一系列的变化，有些生活过程如生殖期、索饵期，每年要周期性地进行重复，这叫做生活年周期。它在各个不同的时期要求不同的环境条件，决定了它在各地有不同的分布。因此为了掌握作为渔业对象的鱼群的分散集群规律，以提高渔获量，既需要了解该鱼的生物学特性，又必须了解海洋环境情况。如有些鱼喜在有海流的地方产卵，以便借海流的带动将卵子疏散开；有的则把卵产在海藻上。尽管茫茫海洋是一个彼此连贯的完整水体，但各个水域的海况条件，诸如水温、盐度等是互有差别的，因而海洋生物的种类组成、数量和分布也是互不相同的。一般来说，凡是有不同海流、不同水团相遇的地方以及有涌升流海域，由于海洋底部因生物体分解而产生的大量营养盐类，被带到海水上层，使那里的水质肥沃，浮游植物得以蓬勃发展，形成生产力高的水域，那里的鱼类就必然会多。这种海域就会成为很好的渔场。世界渔场的分布如下：

太平洋海域辽阔，岛屿繁多，条件特别优异，适于海洋生物生活，所以鱼类资源特别丰富，是世界各大洋中渔获量最高的海域，占世界海洋总渔获量的51.9%。著名的秘鲁渔场，盛产秘鲁鳀鱼，历史上最高产量达1305万吨，占世界渔获量的五分之一。秘鲁渔场长约1300千米，宽约50千米，海流垂直流动，底层大量的营养物被带到海水表层，浮游生物极为丰富，为鱼类提供良好的饲料条件，生产力很高。北太平洋西部的北海道渔场和我国舟山渔场，盛产霞要的鲑、狭鳕、太平洋鲱、带鱼、大黄鱼、小黄鱼等，产量高达1861万吨，占世界渔获量的29.7%，在世界各海区中居第一位。

大西洋的渔业资源也很丰富，主要渔场有北海渔场和纽芬兰渔场等。鱼产量占世界总渔获量的42.1%，其中东北海区居世界第二位。

印度洋渔业资源中沙丁鱼、鲱鱼等产量较高。但渔获量较少，仅占世界海洋总渔获量的6%。如果进一步开发利用，年渔获量可达到1400～2000万吨。

南大洋，即三大洋的南部环绕南极洲的水域，估计有1.6万头鲸。在1976年以前除捕鲸外，其他资源利用极少。现在南极洲的磷虾引起各国的注意，在保证生态平衡的情况下，估计年产量可达2亿吨以上。

世界上海洋捕鱼量最多的国家是日本，年产量1000万吨以上，其次是俄罗斯、中国、加拿大、美国。这五国的鱼产量约占世界总产量的三分之一强。按人口平均算，冰岛人均鱼产量最高，人均每年4460千克以上，挪威第二，平均634千克。世界上最大的鱼产品出口国是加拿大，1984年向国外销售65万吨鱼产品。日本拥有世界上最大的渔船队，每年的捕鱼量是整个西欧国家捕鱼量的总和。

海上渔业的捕捞技术在不断改进和提高。由原始的长枪、鱼叉到现代的渔网、钓钩。捕鱼的网具多种多样，主要有围网、拖网、流网、延绳钓等。

围网主要捕捞中上层鱼类，如鳀、鲱、竹筴鱼、沙丁鱼，甚至大型的金枪鱼、鲣鱼等。网的围海面积要比足球场的面积大4倍以上，每一网可捕100～200吨，最多可达1600吨。全世界围网鱼产量占总渔获量的三分之一左右。

拖网主要捕捞中下层或底层鱼类，如鳗鱼、带鱼、大黄鱼、鲳鱼等。网的基本结构是把一个袋形的网放在水底拖曳捕鱼。网的两端有长的袖网，再各自连接一条长的拖绳，就像一条巨大的口袋。这种网可在1000～1500米甚至2000～2500米深处作业。其产量虽然很高，但在海底拖来拖去，大量伤害幼鱼，对资源破坏很大。渔民称其为“刮地穷”。

流网是使用较多的一种网具。渔船在水中将网放成一条直线，截断鱼群通路。当鱼游向网具时，头钻进网眼内，网恰好卡在鳃盖后缘鳃裂处，使其进退两难而被捕获。这种网主要用于捕鲐、鳓等鱼类，不伤害幼鱼。

延绳钓也是传统的重要捕捞工具，主要用于捕捞鱼体较大又较分散的鱼类，如金枪鱼、鲨鱼等。它钓获的鱼个体一般都较大，且多是人们所喜爱的重要经济鱼类。

为了提高渔获量，近年来采用了一些先进设备和方法。人们利用探鱼仪侦察鱼群的密度、种类，利用航空摄影和地球资源卫星来侦察、预报鱼情，通过无线电通讯引导渔船投网捕鱼。人们还利用声音诱鱼和灯光诱鱼口如模仿鱼垂死挣扎时发出的声音，鲨鱼就会纷纷云集而至；当有鱼群时在水面水下布灯，诱鱼聚集于灯光

△ 拖网渔船

附近再下网捕鱼，产量很高，灯光围网渔业被称为渔业之王。

我国渔业资源丰富，已经开发利用的主要渔场按地理位置大致可分为两类：第一类是沿岸的近海渔场；第二类是外海渔场。前者有40多个，后者有10个左右。主要渔场有：黄渤海渔场、舟山渔场、南海沿岸渔场、北部湾沿岸渔场、昌泗、大沙等渔场。前四者被称作我国的四大渔场。渔场面积约280万平方千米。

我国海域中盛产许多鱼类，其中大黄鱼、小黄鱼、带鱼，素有我国家鱼之称，此外还有青鱼，都是我国重要的经济鱼类。我国还有130多种软骨鱼类，以鲸鲨和姥鲨体型最大。它们体长达15～20米，重4～5吨，堪称鱼中之最。但它们性情温和，既不像噬人鲨那样凶狠地袭击落水之人，也不像其他鲨鱼那样贪婪地捕食其他鱼类，却用像筛子一样的鳃耙从海水中滤食各种浮游生物。它们食量很大，一餐能吞半吨食物。它们的经济价值也较高。

尽管我国的渔业资源丰富，但要注意合理捕捞，大力发展海水养殖，以便在丰富人们餐桌上食品的同时，维持渔业资源的稳定性。

星罗棋布的江河湖泊

◎尼罗河

世界第一长河——尼罗河，位于非洲东北部，是非洲主河流之父，是一条国际性的河流。尼罗河发源于赤道南部的东非高原上的布隆迪高地，干流流经布隆迪、卢旺达、坦桑尼亚、乌干达、苏丹和埃及等国，最后注入地中海。干流自卡盖拉河源头至入海口，全长6670千米，是世界流程最长的河流。支流还流经肯尼亚、埃塞俄比亚和刚果(金)、厄立特里亚等国的部分地区。流域面积约335万平方千米，占非洲大陆面积的九分之一，入海口处年平均径流量810亿立方米。所跨纬度从南纬4°至北纬31°，达35°之多。

林地

尼罗河是由卡盖拉河、白尼罗河、青尼罗河三条河流汇流而成。尼罗河最下游分成许多汊河流注入地中海，这些汊河流都流在三角洲平原上。三角洲面积约24000平方千米，地势平坦，河渠交织，是古埃及文化的摇篮，也是现代埃及政治、经济、文化中心。尼罗河下游谷地河三角洲则是人类文明的最早发源地之一，古埃及诞生在此。至今，埃及仍有96%的人口和绝大部分工农业生产集中在这里。因此，尼罗河被视为埃及的生命线。几千年来，尼罗河每年6～10月定期泛滥。8月份河水上涨最高时，淹没了河岸两旁的大片田野，之后人们纷纷迁往高处暂住。十月以后，洪水消退，带来了尼罗河丰沛的土壤。在这些肥沃的穿行在沙漠中的尼罗河土壤上，人们栽培了棉花小麦水稻椰枣等农作物。在干旱的沙漠地区上形成了一条“绿色走廊”。埃及流传着“埃及就是尼罗河，尼罗河就是埃及的母亲”等谚语。尼罗河确实是埃及人民的生命源泉，她为沿岸人民积聚了大量的财富、缔造了古埃及文明。6700多千米尼罗河创造了金字塔，创造了古埃及，创造了人类的奇迹。

现今，埃及90%以上的人口均分布在尼罗河沿岸平原和三角洲地区。埃及人称尼罗河是他们的生命之母。

尼罗河流域分为七个大区：东非湖区高原、山岳河流区、白尼罗河区、青尼罗河区、阿特巴拉河区、喀土穆以北尼罗河区和尼罗河三角洲。该河北流，经过坦桑尼亚、卢旺达和乌干达，从西边注入非洲第一大湖维多利亚湖。尼罗河干流就源起该湖，称维多利亚尼罗河。河流穿过基奥加湖和艾伯特湖，流出后称艾伯特尼罗河，该河与索巴特河汇合后，称白尼罗河。另一条源出中央埃塞俄比亚高地的青尼罗河与白尼罗河在苏丹的喀土穆汇合，然后在达迈尔以北接纳最后一条主要支流阿特巴拉河，称尼罗河。尼罗河由此向西北绕了一个S形，经过三个瀑布后注入纳塞尔水库。河水出水库经埃及首都进入尼罗河三角洲后，分成若干支流，最后注入地中海东端。

◎长 江

长江是中国第一长河，是世界第三长河。全长6370千米，流域总面积180余万平方千米，年平均入海水量约9600亿立方米。流域介于北纬24°30′～35°45′，东经90°33′～112°25′，面积180余万平方千米(不包括淮河流域)，约占全国土地总面积的五分之一。居世界第3位。它源远流长，与黄河一起，成为中华民族的摇篮，哺育了一代又一代中华儿女，被誉为“母亲河”。

主要支流：汉江又称汉水，是长江最长的支流。雅砻江、岷江、嘉陵江、乌江、湘江、沅江、赣江等。

干流峡谷：深度大于宽度谷坡陡峻的谷地。V形谷的一种。一般发育在构造运动抬升和谷坡由坚硬岩石组成的地段。当地面隆起速度与下切作用协调时，易形成峡谷。中国长江三峡，黄河干流的刘家峡、青铜峡等，是修建水库坝址的理想地段。

流域地貌：流域内高原、山地占65.6%；丘陵占24%；平原、低地占10.5%。

支流湖泊：中国大部分的淡水湖分布在长江中下游地区，面积较大的有鄱阳湖、洞庭湖、太湖和巢湖。

长江源长江干流各段名称不一：源头至当曲口（藏语称河为"曲"）称沱沱河，为长江正源，长358千米；当曲口至青海省玉树县境的巴塘河口，称通天河，长813千米；巴塘河口至四川省宜宾岷江口，称金沙江，长2308千米；宜宾岷江口至长江入海口，约2800余千米，通称长江，其中宜宾至湖北省宜昌间称"川江"（奉节至宜昌间的三峡河段又有"峡江"之称），湖北省枝城至湖南省城陵矶间称荆江，江苏省扬州、镇江以下又称扬子江。

长江发源于青藏高原唐古拉山主峰各拉丹东的西南侧。这里冰川广布，姜跟迪如冰川的冰雪融水就是长江的源头。干流自青藏高原蜿蜒东流，经青海省、西藏自治区、四川省、云南省、重庆市，湖北省、湖南省、江西省、安徽省、江苏省和上海市11个省、区、市，在上海市注入东海。全长6300多千米。流域面积180多万平方千米，占全国面积的五分之一。

◎黄 河

黄河全长5600千米，流域面积752443平方千米，是中国境内仅次于长江的河流，它发源于青海省巴颜喀拉山，成"几"字形流经青海、四川、甘肃、宁夏、内蒙古、陕西、山西、河南及山东九个省。由于河流中段流经中国黄土高原地区，因此夹带了大量的泥沙，所以它也被称为世界上含沙量最多的河流。但是在中国历史上，黄河沿河流域的人类文明带来很大的影响，是中华民族最主要的发祥地之一，所以中国人一般称其为"母亲河"。

黄河从河源到内蒙古托克托县的河口镇为上游，河道长 3472 千米，落差 3496 米，平均比降为千分之一左右，流域面积 38.6 万平方千米，占全河流域面积的 51%。本河段水多沙少，蕴藏着丰富的水力资源；从河口镇到河南郑州桃花峪为中游，长 1206 千米，落差 890 米，平均比降为一千四百分之一，流域面积 34.4 万平方千米，占全河流域面积的 46%。本河段水少沙多，是黄河下游洪水和泥沙的主要来源区；桃花峪以下至河口为下游，长 786 千米，落差 94 米，平均比降约八千分之一，流域面积 2.2 万平方千米，占全河流域面积的 3%。本河段两岸大部修有堤防工程，是黄河防洪的重点河段。（黄河上、中、下游的分界有多种说法，这里采用黄河水利委员会的划分方案）黄河横贯中国东西，流域东西长 1900 千米，南北宽 1100 千米，总面积达 752443 平方千米。

◎莱茵河

莱茵河是德国最长的河流，莱茵河流经德国的部分长 865 千米，流域面积占德国总面积的 40%，是德国的摇篮。

莱茵河是具有历史意义和文化传统的欧洲大河之一，也是世界上最重要的工业运输大动脉之一。莱茵河航运十分方便，是世界上航运最繁忙的河流之一。莱茵河干流全长 1230 多千米，通航里程将近 900 千米，其中大约 700 千米可以行驶万吨海轮。莱茵河还通过一系列运河与其他大河连接，构成一个四通八达的水运网。莱茵河运费低廉而有助于将原料的价格降低，这是莱茵河成为工业生产区域主轴线的主因：现有五分之一的世界化工产品是莱茵河沿岸生产的。莱茵河过去长期是欧洲政治纠纷的源泉，现在则因污染程度的提高，国际间把注意力集中在生态保护。

◎恒 河

恒河是印度北部的一条著名大河，自远古以来一直是印度教徒的圣河。其大部流程为宽阔、缓慢的水流，流经世界上土壤最肥沃和人口最稠密地区之一。尽管地位重要，但其 2510 千米的长度使其无论以世界标准还是亚洲标准衡量都显得短了一些。恒河源出喜马拉雅山南麓加姆尔的甘戈特力冰川，全长2700千米，流域面积106万平方千米(不包括支流贾木纳河及其以上部分)；河口处的年平均流量为2.51万立方米/秒；其中在印度境内长2071千米，流域面积95万平方千米，年平均流量为1.25万立方米/秒。

恒河发源于喜马拉雅山脉，注入孟加拉湾，流域面积占印度领土四分之一，养育著高度密集的人口。恒河流经恒河平原，这是印度斯坦地区的中心，亦是从西元前3世纪阿育王的王国至16世纪建立的蒙兀儿帝国为止一系列文明的摇篮。恒河大部流程流经印度领土，不过其在孟加拉地区的巨大的三角洲主要位于孟加拉境内。恒河总流向是从北－西北至东南。在三角洲，水流一般南向。

恒河用丰沛的河水哺育着两岸的土地，给沿岸人民以冉辑之便和灌溉之利，用肥沃的泥土冲积成辽阔的恒河平原和三角洲，勤劳的恒河流域人民世世代代在这里劳动生息，历史学家、考古学家的足迹遍布恒河两岸，诗人歌手行吟河畔。至今，这里仍是印度、孟加拉国的精粹所在。

印度是四大文明古国之一，曾经创造了人类历史上著名的“恒河文明”。恒河这条世界名川，被印度人民尊称为“圣河”和“印度的母亲”。众多的神话故事和宗教传说构成了恒河两岸独特的风土人情。恒河是印度的圣河，历史悠久，有着浓厚的民俗和文化色彩，即使经过千年的文明洗礼，恒河两岸的人们仍然保持着古老的习俗。许多自古流传的神话，使印度人民对恒河母亲生起无限的怀想，烙下一个不可磨灭的情结。这一生中至少要在恒河中沐浴一次，让圣河洗净生生世世所有的罪业。

◎贝加尔湖

贝加尔湖呈新月形，长636千米，宽79千米，面积31494平方千米，是亚洲第一大淡水湖，也是世界第七大湖，是世界最深的湖，属于构造湖，沿岸地震频繁、多温泉，流域面积56万平方千米，有多达336条河流注入，其中最大的河为色楞格河，而其外流河为叶尼塞河的支流安加拉河，其出水口位于西南侧，往北流入北极海，另外在湖的西侧尚有另一条大河勒拿河的源头，距湖仅7千米，不过被高达1640米的贝加尔山脉中部所阻隔，湖中有22岛，最大的奥尔洪岛长达72千米，湖面每年1月至4月结冰。

△ 贝加尔湖

贝加尔湖是世界最深的湖泊，最深处为2008年7月29日测量的1580米，平均深度758米，湖面海拔456米，最深处湖床海拔——1181米，因深度深，其体积达23600立方千米，占全球淡水河、湖总水量的20%，比整个北美洲五大湖（22560立方千米）或北欧波罗的海（21000立方千米）的水量还多，仅次于里海（78200立方千米）。

《世界文化与自然遗产情景写真地图版》的对贝加尔湖的描述是“富饶的湖泊”，《彩图版世界文化与自然遗产》则这样记叙：当地的布里亚特人称之为“贝加尔—达拉伊”，意思是“天然之海”；而《世界奇景探胜录》的文字却是：“贝加尔”之名据说是大约1300年前住在这里的库里堪人起的，意思是“大量的水”。

◎死 海

死海是一个内陆盐湖，位于以色列和约旦之间的约旦谷地。西岸为犹太山地，东岸为外约旦高原。死海约旦河从北注入。约旦河每年向死海注入5.4亿立方米水，另外还有4条不大但常年有水的河流从东面注入，由于夏季蒸发量大，冬季又有水注入，所以死海水位具有季节性变化，从30至60厘米不等死海长80千米，宽处为18千米，表面积约1020平方千米，平均深300米，最深处415米。湖东的利桑半岛将该湖划分为两个大小深浅不同的湖盆，北面的面积占四分之三，深415米，南面平均深度不到3米。无出口，进水主要靠约旦河，进水量大致与蒸发量相等，为世界上盐度最高的天然水体之一。

◎青海湖

青海湖，是我国第一大内陆湖泊，也是我国最大的咸水湖。它浩瀚缥缈，波澜壮阔，是大自然赐与青海高原的一面巨大的宝镜。

青海湖，古代称为“西海”，又称“鲜水”或“鲜海”。藏语叫做“错温波”，意思是“青色的湖”；蒙古语称它为“库库诺尔”，即“蓝色的海洋”。由于青海湖一带早先属于卑禾族的牧地，所以又叫“卑禾羌海”，汉代也有人称它为“仙海”。从北魏起才更名为“青海”。

青海湖面积达4456平方千米，环湖周长360多千米，比著名的太湖大一倍还要多。湖面东西长，南北窄，略呈椭圆形。乍看上去，像一片肥大的白杨树叶。青海湖水平均深约19米多，最大水深为28米，蓄水量达1050亿立方米，湖面海拔为3260米，比两个东岳泰山还要高。由于这里地势高，气候十分凉爽。即使是烈日炎炎的盛夏，日平均气温也只有15℃左中，是理想的避暑消夏的胜地。

青海湖地处青海高原的东北部，这里地域辽阔，草原广袤，河流众多，水草丰美，环境幽静。湖的四周被四座巍巍高山所环抱：北面是崇宏壮丽的大通山，东面是巍峨雄伟的日月山，南面是逶迤绵绵的青海南山，西面是峥嵘嵯峨的橡皮山。这四座大山海拔都在3600米至5000米之间。举目环顾，犹如四幅高高的天然屏障，将青海湖紧紧环抱其中。从山下到湖畔，则是广袤平坦、苍茫无际的千里草原，而烟波浩淼、碧波连天的青海湖，就像是一盏巨大的翡翠玉盘平嵌在高山、草原之间，构成了一幅山、湖、草原相映成趣的壮美风光和绮丽景色。

地球家园发出的警告

DIQIUJIAYUANFACHUDEJINGGAO

当人类出现后，特别是人类活动进入工业革命时期，我们的家园有了翻天覆地的变化。一些曾经是动植物生存的地方变成了人类居住的村庄、城镇和都市。一些鱼儿洄游的河流上矗立起了它们难以逾越的大坝。数以万计的人工合成的化学物质进入到我们家园的天空、土壤、河流和海洋，进入到我们家园每个成员的身体里。对于我们的美丽家园，这些化学物质完完全全是陌生的，没有谁会知道它们将给我们的家园带来怎样的命运。

正当人们为自己历经数代苦苦构筑的现代文明沾沾自喜的时候，无论如何没有想到，我们在欲望的膨胀中丧失了理性，正在亲手把自己葬送在这种文明里面：在冷酷的掠夺中毁坏我们赖以生存的家园，茂密的森林被无情地砍去，使绿色的园地成为一个千疮百孔的坟墓，留下干枯的枝干和无边的沙漠。

人类通过无休止的砍伐、贪婪的开垦、过度的放牧等等一系列破坏地球资源环境的行径，导致了地球环境的严重破坏。本章节向读者朋友们展示了一个伤痕累累的地球。

大气污染

地球表层生物圈的外围，有一层维护生物生存的空气，离地面约1100～1400，公里，这就是大气层，其中占空气重量95%左右，离地面12公里厚的空气层，即人们常说的对流层。在这个对流层以内，每升高1公里，气温下降5℃。这种上冷下热的周而复始，产生了活跃的空气对流，形成风、雨、雪、雾等等。大气基本上由氮气（占 78.09%）、氧气（20.95%）、氩气（0.93%）和二氧化碳（0.027%）组成，还有微量的氢、氖、氦、氪、氙。这种组成就是人类应呼吸到的纯洁空气。天空之大使人们产生一种错误想法，认为向大气中排放的气体数量与包围地球的大气相比微乎其微。其实，地球周围的大气层是相对稀薄的。若大气在正常成分之外，又增加了诸如尘埃、微生物、二氧化硫、一氧化碳等有害成分，大气就会受到污染。

△ 大气污染

据一项报告的调查，纽约、伦敦、香港等地的大气污染程度还算过得去。但是，包括里约热内卢、巴黎、马德里在内的 16 个城市污染相当严重。拉美的 5 个城市，如圣保罗、墨西哥城、墨西哥的蒙特雷、智利的圣地亚哥、危地马拉城，已成为真正的煤气室。东欧所有的工业城市对大气的污染水平远远超过容许的程度。世界卫生组织与联合国环境组织曾对曼谷、北京、孟买、洛杉矶、马尼拉、墨西哥城、德里、雅加达、卡拉奇、伦敦、开罗、布宜诺斯艾利斯、加尔各答、莫斯科、纽约、里约热内卢、汉城、圣保罗、上海、东京 20 个大城市作了 15 年的调查，于 1992 年 12 月发表了一份报告。该报告指出，空气污染已成为全世界城市居民生活中一个无法逃避的现实。造成城市空气污染最主要的因素是汽车排放的尾气。在 6 种主要空气污染成分中，有 4 种几乎完全来自汽车，即铅、一氧化碳和二氧化碳等。另两种污染成分来自工业废气的二氧化硫和浮尘。该报告指出，尽管在过去20年里发达国家在控制污染方面取得长足进步，但在发展中国家的城市中空气质量正在继续恶化。

城市大气污染对人类健康造成严重的损害。80年代后半期，全世界约有13亿人口居住在没有达到世界卫生组织颗粒物标准的城市地区，他们面临着呼吸紊乱和癌症的严重威胁，尤其对患有慢性肺部阻塞性疾病、肺炎和心脏疾病的老年人，危害更大。据估计，若不设法减少这些排放物，每年有30～70万人过早地死亡，14岁以下儿童的慢性咳嗽发病率剧增，每年达到1亿病例。同时，由于车辆排放的废气，空气中含铅水平大幅度提高，铅污染已成为若干发展中国家大城市最主要的环境危害。在曼谷，因增加了与铅的接触，儿童到7岁时会损失4或4以上的智商点。对成年人的威胁是使血压升高，心脏病、中风患者增加。

人们历来认为，北极是地球上最洁净的圣地，那里没有工厂，少有人烟，污染应该与这个白色世界无缘。然而，事实与人们想象的相差甚远。这里正遭受着前所未有的环境污染和破坏。由于北极极端寒冷，生命稀少，生态系统极为脆弱，本身的修复机能很低，一旦遭受污染和破坏，便一发不可收拾。

早在20世纪70年代后期，飞经北极圈航线的日本几家航空公司和美国航空公司发现，航班客机的有机玻璃窗上常常出现网状裂痕，以致在逆光时产生散射，使人难以看清窗外。开始，人们怎么也弄不明白这到底是由什么原因造成的。到了80年代初，才发现这与北极上空的污染物浓度急剧升高有关。

1984年，在北极圈内有领土的美国、加拿大、挪威和丹麦等国的科学家联合对北极上空的大气进行了调查，才算是真正弄清了大气污染的状况。他们发现，北极圈上空，有一条宽达160公里、厚300米的污染带，其高度随季节变化，有时高达8000米，每年2～3月最为严重。这就是著名的“北极烟雾”。

北极烟雾主要是由烟尘、水蒸气和冰晶等组成。在烟尘中，可以检测出二氧化硫、氮氧化物和砷、铅、锰、钒等金属元素以及氟利昂和氯仿等有机化合物。这些物质显然来自于地球中纬度地区，是当地工业生产向大气排放的燃煤、燃油等污染物质随大气环流向北极飘散的结果。尤其在北极的冬天，几乎不下雪，受到污染的大气得不到清洗而长期滞留在空中，从而形成了严重的烟雾。北美、欧亚大陆的工业化活动所释放的气体，是造成北极烟雾的主要罪魁祸首。如果照此持续下去，说不定哪一天，飞越北极圈的飞机必须另改航道。

北极地区主要有两大食物链：海洋生态系统食物链和陆地生态系统食物链。在北冰洋生态系统中，藻类等浮游植物被浮游性动物食掉，鱼类吃浮游性动物，它们又成为海豹、海象的食物。凶猛的北极熊以海豹类为食。这样，便形成一条海洋食物链。北极熊位于这个食物链的终端。

北极陆地生态系统食物链以陆地植物、苔藓和地衣为能量传递的起点，驯鹿、北极兔等以植物为食，而北极狼、北极狐捕食驯鹿、北极兔，它们又往往成为北极熊的猎物。

北极熊在北极生态系统食物链中起着双重作用。它既是海洋食物链的终端，又是陆地食物链的终端。因此，北极熊是北极地区当之无愧的主宰。当然，如果把人也纳入食物链的话，爱斯基摩人便是北极地区的最后主宰了。

人们通过大量的调查，发现北极生态系统已遭受了有机农药的污染。无论在北极的冰雪、冻土及植物中，还是在北极驯鹿、海豹以及北极熊体内，都已检测出各类有机氯污染物，情形实在令人担忧。比如，在加拿大北极地区，多氯联苯在大气沉降物中的平均浓度约为每升 1 纳克，在人体母乳中司达 3.6ppm。在北极熊的脂肪里，检测出了滴滴涕、六六六、多氯联苯等典型有机氯污染物。在距离北极点仅有 500 公里处猎获的北极熊，其脂肪中的多氯联苯浓度高达 67ppm。

◎大气污染造成酸雨横行

大气污染造成酸雨，已成为“绿树的瘟疫”，许多动植物濒临灭绝。酸雨是由排入大气的硫和氮的氧化物所造成的，自美国 1936 年第一次记录到 PH（氢离子浓度）值为 5.9 的酸雨以来，酸沉降现象已在世界许多地方发生，它危害面积已达数千万平方公里，主要分布在北美和欧洲工业发达地区，那里雨水中的酸性程度已超过正常情况的10倍。酸雨使湖泊丧失生机、森林枯萎、土壤酸化。在欧洲，森林面积的35%受到不同程度的酸雨危害。19个国家中森林的受害率已占到22.2%，针叶和落叶乔木受害尤其严重，其中保加利亚、斯洛伐克、捷克、德国、波兰、英国的森林受到的污染最严重。

1964～1976年，美国佛蒙特州的中、高海拔地区，红云杉因酸沉降减少了大约一半。酸雨还使不少动物面临灭绝。使科学家们感到不安的是，青蛙正在急剧减少。例如，奥地利3种用肠胃养育蝌蚪的稀有青蛙在1980年前后绝迹。70年代调查时，在加利福尼亚州山中生息的一种青蛙还有800多只，到1989年时只发现1只。在中美洲哥斯达黎加热带森林中，80年代后半期以来有3种青蛙也濒临灭绝。在西非的喀麦隆、巴西的亚马孙等地数种青蛙踪影全无。据国际自然保护联合会1992年6月的统计，急剧减少和灭绝的青蛙已达30种。这种现象的出现，其原因虽众说纷纭，但酸雨在全球范围蔓延，使土壤酸化，导致青蛙的生息地遭到破坏，不能不是一个重要的原因。

酸雨的成因

酸雨的成因是一种复杂的大气化学和大气物理的现象。酸雨中含有多种无机酸和有机酸，绝大部分是硫酸和硝酸。工业生产、民用生活燃烧煤炭排放出来的二氧化硫，燃烧石油以及汽车尾气排放出来的氮氧化物，经过“云内成雨过程”，即水汽凝结在硫酸根、硝酸根等凝结核上，发生液相氧化反应，形成硫酸雨滴和硝酸雨滴；又经过“云下冲刷过程”，即含酸雨滴在下降过程中不断合并吸附、冲刷其他含酸雨滴和含酸气体，形成较大雨滴，最后降落在地面上，形成了酸雨。由于我国多燃煤，所以的酸雨是硫酸型酸雨。而多燃石油的国家下硝酸雨。酸雨多成于化石燃料的燃烧。

酸雨形成的影响因素

(1)酸性污染物的排放及转换条件

一般说来，某地二氧化硫污染越严重，降水中硫酸根离子浓度就越高，导致PH值越低。

(2)大气中的氨

大气中的氨(NH_3)对酸雨形成是非常重要的。氨是大气中唯一溶于水后显碱性的气体。由于它的水溶性,能与酸性气溶胶或雨水中的酸反应,起中和作用而降低酸度。大气中氨的来源主要是有机物的分解和农田施用的氮肥的挥发。土壤的氨的挥发量随着土壤PH值的上升而增大。京津地区土壤PH值为7～8以上,而重庆、贵阳地区则一般为5～6,这是大气氨水平北高南低的重要原因之一。土壤偏酸性的地方,风沙扬尘的缓冲能力低。这两个因素合在一起,至少在目前可以解释我国酸雨多发生在南方的分布状况。

(3)颗粒物酸度及其缓冲能力

大气中的污染物除酸性气体二氧化硫和二氧化氮外,还有一个重要成员——颗粒物。颗粒物的来源很复杂。主要有煤尘和风沙扬尘。后者在北方约占一半,在南方约占三分之一。颗粒物对酸雨的形成有两方面的作用,一是所含的催化金属促使二氧化硫氧化成酸;二是对酸起中和作用。但如果颗粒物本身是酸性的,就不能起中和作用,而且还会成为酸的来源之一。目前我国大气颗粒物浓度水平普遍很高,为国外的几倍到十几倍,在酸雨研究中自然是不能忽视的。

(4)天气形势的影响

如果气象条件和地形有利于污染物的扩散,则大气中污染物浓度降低,酸雨就减弱,反之则加重(如逆温现象)。

酸雨的危害

硫和氮是营养元素。弱酸性降水可溶解地面中矿物质,供植物吸收。如酸度过高,pH值降到5.6以下时,就会产生严重危害。它可以直接使大片森林死亡,农作物枯萎;也会抑制土壤中有机物的分解和氮的固定,淋洗与土壤离子结合的钙、镁、钾等营养元素,使土壤贫瘠化;还可使湖泊、河流酸化,并溶解土壤和水体底泥中的重金属进入水中,毒害鱼类;加速建筑物和文物古迹的腐蚀和风化过程;可能危及人体健康。

酸性雨水的影响在欧洲和美国东北部最明显,而且被大力宣传，但受威胁的地区还包括加拿大，也许还有加利福尼亚州塞拉地区、洛基山脉和中国。在某些地方，偶尔观察到降下的雨水像醋那样酸。酸雨影响的程度是一个争论不休的主题。对湖泊和河流中水生物的危害是最初人们注意力的焦点，但现在已认识到，对建筑物、桥梁和设备的危害是酸雨的另一些代价高昂的后果。污染空气对人体健康的影响是最难以定量确定的。

受到最大危害的是那些缓冲能力很差的湖泊。当有天然碱性缓冲剂存在时，酸雨中的酸性化合物（主要是硫酸、硝酸和少量有机酸）就会被中和。然而，处于花岗岩（酸性）地层上的湖泊容易受到直接危害，因为雨水中的酸能溶解铝和锰这些金属离子。这能引起植物和藻类生长量的减少，而且在某些湖泊中，还会引起鱼类种群的衰败或消失。由这种污染形式引起的对植物的危害范围，包括从对叶片的有害影响直到细根系的破坏。

在美国东北部地区，减少污染物的主要考虑对象是那些燃烧高含硫量的煤发电厂。能防止污染物排放的化学洗气器是可能的补救办法之一。化学洗气器是一种用来处理废气、或溶解、或沉淀、或消除污染物的设备。催化剂能使固定源和移动源的氮氧化物排放量减少，又是化学在改善空气质量方面能起作用的另一个实例。

温室效应

◎地球温室效应的成因

温室效应，又称“花房效应”，是大气保温效应的俗称。大气能使太阳短波辐射到达地面，但地表向外放出的长波热辐射线却被大气吸收，这样就使地表与低层大气温度增高，因其作用类似于栽培农作物的温室，故名温室效应。如果大气不存在这种效应，那么地表温度将会下降约3度或更多。反之，若温室效应不断加强，全球温度也必将逐年持续升高。自工业革命以来，人类向大气中排入的二氧化碳等吸热性强的温室气体逐年增加，大气的温室效应也随之增强，已引起全球气候变暖等一系列严重问题，引起了全世界各国的关注。

在空气中，氮和氧所占的比例是最高的，它们都可以透过可见光与红外辐射。但是二氧化碳就不行，它不能透过红外辐射。所以二氧化碳可以防止地表热量辐射到太空中，具有调节地球气温的功能。如果没有二氧化碳，地球的年平均气温会比目前降低20℃。但是，二氧化碳含量过高，就会使地球仿佛捂在一口锅里，温度逐渐升高，就形成“温室效应”。形成温室效应的气体，除二氧化碳外，还有其他气体。其中二氧化碳约占75%、氯氟代烷约占15%～20%，此外还有甲烷、一氧化氮等30多种。

科学家预测，如果我们现在开始有节制地对树木进行采伐，到2050年，全球暖化会降低5%。

◎温室效应带来的灾难

大气中二氧化碳不断增加而导致的“温室效应”，是近些年的热门话题。科学家们认为，今后50年内，全球气温将升高2℃～8℃！这是一万年来地球变暖的最高速度。全球变暖对人类的影响究竟如何？尽管众说纷纭，但绝大多数科学家认为，它会给人类带来灾难性后果。

居住环境的变化

全球变暖将使人类对自身居住环境的恶化一筹莫展。因为极地的冰会大量融化，海平面将显著上升，若不控制温室效应，到2050年，世界海平面将上升40～140厘米，而上升3米～4米也不是不可能。这意味着什么？无疑是一幅难以想象的场景：恒河、尼罗河、密西西比河等几个大三角洲将淹没在烟波浩淼的海洋之中；太平洋和印度洋的岛国将不复存在；海水也将漫过日本东京30%的地面；美国纽约的摩天大楼及中国的香港等沿海地区也在劫难逃；孟加拉国有1000～2000万人失去家园；濒临北海的荷兰将从地球上消失……

上述情景既非别有用心的危言耸听，信口雌黄，也不是骚人墨客的向壁虚构，而是20多个国家的300多位科学家前些年在国际会议上发出的警告。

1987年，由于一大块冰块(25×99英里)从南极冰区脱落冲入罗斯海，南极海岸线的轮廓被改变，美丽的鲸湾从此消失，仅留在地图绘制者的记忆中。众所周知，世界上三分之一的人口和多数城市大都分布在海岸地带及大河河口地区，世界35个最大城市中有20个地处沿海，大规模的人口迁徙无疑是一场灾难。到那时，中国南方的人可能成群移居西伯利亚，许多其他国民将移居加拿大，加拿大人口将由两千万增至两亿……更堪忧的是，海平面上升导致的“洪灾”有可能突如其来，防不胜防。美国专家在提出有关警告时称，纽约20年内将从地球消失，淹没纽约的大浪可能毫无先兆地涌来，淹没纽约及邻近海岸，使数百万人葬身海底，生命财产的损失难以估量，并称这种推测是依收集的数据显示的，因为大西洋海平面正以惊人的速度升高。

经济生活的变化

全球变暖虽然对一些高纬度地区的富裕国家(如北欧国家和前苏联地区)的农业有利，但是，亚洲及非洲的大部分地区将奇热难当，干旱空前，给世界农业将带来巨大灾难。据英国和美国科学家共同进行的一项为期3年的调查研究表明，到2060年，全球气候变暖将使世界粮食产量减产1～7%，减产最大的是位于赤道附近的发展中国家，由于粮食减少，粮价上涨，将使10亿人口处于饥饿状态。

气候变暖还将加剧能源的大量消耗。特别是酷夏降温对能源消费的影响最为突出。据统计，在工业化国家中，北美约占30%的能源、欧洲约占50%的能源是用于补偿气候变暖或变冷所造成的影响。1984年南加利福尼亚因异常炎热的天气，使9月份降温消费超出了常年的85%，创造了54年来耗电最高纪录。

气候变暖对林木、交通、运输、食品等方面也产生不利影响。由于炎热干旱，森林火灾将更加频繁、更为严重，木材将更加紧缺。

更多的汽车要配备空调器而使汽车平均价格上涨，且炎热天气所产生的尘埃大量钻入发动机，从而带来车辆的损坏和维护的频繁；此外，更多的道路需铺设沥青，它们在夏季将破毁得更加严重，需要更多的钱来保养维护；高速公路会变得更为拥挤，因为人们将会更加频繁地企图逃避城市的炎热。

据科学家预测，50 年后，地球逐渐变暖还将导致台风的破坏能力增强 40～50％，这意味着更多的房屋、桥梁、输电线路等将惨遭厄运。由于上述连锁灾情的影响，许多地区的食品供应会出现奇缺。食物价格大大上涨，它将引起失业、萧条和贫困，政府预算和社会福利、科研、教育经费将大大削减。

人类健康的变化

由于气候变暖，会使夏季变得酷热，这将导致疾病和死亡率上升，特别对老年人威胁更大。据研究，全球增温，平流层中臭氧层的耗减造成的紫外线 B 辐射的增加，将使皮肤癌、麻风病、白内障、呼吸道疾病、心血管疾病和夜盲症等患者增多，其中患皮肤癌的可能在高纬度白色皮肤的高加索人种中比率最大。新生儿出生也可能呈负增长，早产儿出生率与产期死亡率会上升。此外，由于全球增温，蚊虫和其他寄生虫会大量繁殖，由它们传染的疾病将在全球大流行；还有温度上升后，霉菌等引起的皮肤病患者会增多，症状会变得严重；虫害猖獗，农药污染加剧。世界一半以上的人口将受到“气候病”的威胁。

生态物种的变化

据史料记载，在一万年前，曾有过一次重大的气温变化，导致物种惨遭劫难：由于气温上升 5℃，使许多温带的物种向北“逃窜”至加拿大“落户”，另有许多动植物“求生无望”而灭绝。问题的严重性在于：当时这些物种的灭绝，是在漫长的岁月中由气温上升 5℃造成的，然而今天专家预言，同样升温 5℃也许只需 61 年！

眼下，耐寒植物已首当其冲受到了全球变暖的威胁。据自然保护基金会提供的资料，全球变暖已使黄水仙和其他耐寒的花危在旦夕，19 种受保护的稀有品种正在“吊氧气”，许多植物处于灭绝的边缘。很小的气候变化对植物来说都是一场灾难，在过去的150年里，由于全球变暖，美国的低地沼泽有96%已经丧失，50%的老林区已不复存在，91%的传统低草地已消踪匿迹。

△ 生态物种急剧减少

最近，世界野生生物基金会发表的一份报告还说，由于地球气温不断上升，珊瑚礁和红松已经受到损害，而这种损害还将影响数万种其他植物和动物。随着它们的死亡，以它们作为食物来源的物种将不能迅速迁徙以拯救自己，而且已发现2.2万多种植物和动物濒临灭绝。一些候鸟、蝴蝶和哺乳动物也受到全球变暖的威胁，生态平衡受到严重影响。

臭氧层破坏

1985年5月，英国一支考察队在南极上空第一次发现了大气层中的臭氧层空洞，立即引起全球的严重关注。事过两年，全世界110多个国家派出代表，出席了为拯球臭氧层召开的国际会议，并于1987年9月16日签订了著名的《关于消耗臭氧层物质的蒙特利尔议定书》。保护臭氧层迅速成为国际间的重大事务。

然而，1992年4月初，来自美国、俄罗斯、英国、加拿大等17个国家的300多名科学家，向全世界发布了一个极坏的消息：北极上空的臭氧已减少到有记录以来的最低水平，仅当年的头两个月就减少了20%;北极平流层里的氯含量比正常水平高出70倍。这是参加“欧洲北极平流层臭氧试验”的科学家们在进行了长达5个月的大规模观测后发现的。这个消息一发布,立即引起了全世界的担忧和惊慌,保护臭氧层一时成为最热门的话题。

时隔3年后的几乎同一个时间,科学家们又公布了一个令人震惊的新发现:北极上空的臭氧层出现空洞,其面积虽然没有南极上空的臭氧空洞大,但情况类似。

◎臭氧层空洞成因

对南极臭氧洞形成原因的解释有三种,即大气化学过程解释、太阳活动影响和大气动力学解释。

其一,大气化学过程解释,认为臭氧层中可以产生某种大气化学反应,将三个氧原子含量的臭氧(O_3)分解为分子氧(O_2)和原子氧(O),从而破坏了臭氧层;

其二,太阳活动影响解释,认为当太阳活动峰年(即太阳活动强烈的时期)前后,宇宙射线明显增强,促使双电子氮化物(如NO_2)与O_3发生化学反应,使得奇电子氮化物(如NO_3)增加,O_3转换为O_2;

其三,大气动力学解释认为,初春,极夜结束,太阳辐射加热空气,产生上升运动,将对流层臭氧浓度低的空气输入平流层,使得平流层臭氧含量减小,容易出现臭氧洞。

一般认为,在人为因素中,工业上大量使用氟里昂气体是破坏臭氧层的主要原因之一。通常,氟里昂是比较稳定的物质,然而,当它被大气环流带到平流层(16公里~30公里)时,由于受太阳紫外线的照射,容易形成游离的氯离子。这些氯离子非常活泼,容易与臭氧起化学反应,把臭氧(O_3)变成氧分子(O_2)和氧原子(O),从而使臭氧总量减少,形成了臭氧洞。本来,在离地20公里~30公里的大气层内,是臭氧集中分布的地带,称作臭氧层,太阳辐射透过这层大气时,大量的臭氧吸收了波长较短的紫外线辐射(0.20微米~0.30微米波段),大大减弱了到达地面太阳辐射中的紫外线强度。然而,若臭氧层的臭氧含量大大减少,则吸收太阳紫外线辐射的能力减弱，到达地面的太阳辐射强度会增大。

在臭氧层内各地分布不均匀，世界三极地区即南极、北极和青藏高原气候寒冷，臭氧层微薄。某处臭氧层中臭氧含量的减少等于在屋顶上开了天窗，如果减少到正常值的 50％以上，人们形象地说这是个臭氧洞。臭氧洞可以用一个三维的结构来描述，即臭氧洞的面积、深度及延续时间。2000 年 9 月 3 日南极上空的臭氧层空洞面积达到 2830 平方公里，超出中国面积两倍以上，相当于美国领土面积的 3 倍。这是迄今观测到的最大的臭氧层洞。南极是一个非常寒冷的地区，终年被冰雪覆盖，四周环绕着海洋。1985 年，英国科学家法尔曼等人在南极哈雷湾观测站发现：1977～1984 年每到春天南极上空的臭氧浓度就会减少约 30％，有近 95％的臭氧被破坏。1985 年前南极臭氧洞大小和深度，大约以两年为消长周期。近年臭氧洞的深度和面积等仍在继续扩展。

◎臭氧层破坏给人类带来的危害

臭氧层空洞对皮肤损害及皮肤癌

地面紫外辐射量的上升将同时加强其对人体皮肤所造成的长期和短期有害后果。大量暴露于太阳辐射中可能会导致严重晒伤。长期暴露于辐射中可能导致皮肤变厚以及产生皱纹、失去弹性并增加得皮肤癌的可能。晒伤和皮肤癌主要是由户外紫外线所致，其波长最多在 300 毫微米左右，而其他不良后果则与生活紫外线有更多关系。

高加索种人群中得皮肤癌的危险性最大，其中又以浅色人种危险性最大，根据进化论观点可以理解这点。古代深色皮肤人群从他们的原居住点（假定在太阳暴晒的东非）移居到高纬度的欧洲、中国及其他地区，这使他们所受的太阳照射减少了。为了保持皮肤中足够的由于阳光才能产生的维生素 D，自然选择可能致使皮肤色素沉着减少以使更多的紫外辐射进入。这种选择的机制可能有着相当无情的直接后果；因缺少维生素 D 会引起软骨病（骨头变软、变形），在高纬度地区居住的深色皮肤的女人不正常的盆骨可能在身体上已经直接反映出她们的生育受到了损害。这就是自然选择的主要准则。浅色皮肤的移居者可能因此就最终在基因库中取得优势(有趣的是,现在向欧洲国家移民的南亚、非洲和西印度人显示出了这一古老问题重新出现的证据,已有报道说在那些深色皮肤移民中有人得佝偻病)。在那些移民高纬度地区的早期人群中,由自然选择所产生的肤色变浅从长期来看可能提高了他们得皮肤癌的危险性,然而,在下一代成人身上所增加的得皮肤癌的危险性与自然选择几乎没有关系。

太阳辐射增加是皮肤癌的主要原因之一。由于臭氧层空洞而引起人体暴露于太阳辐射的机会增多,使人们认为会引起皮肤癌的上升。但上升到怎样的程度?近年来许多不同领域的科学家已解决了这个问题。传统的流行病学家可能偏好于一种等着看的个体计数的方法;而一个对社会有用的回答是从由现在作出的估计中得出的,而不是从今后开始出现的真正的临床观察中得出的。

首先,如果我们知道存在于同温层中的假定的臭氧减少量与相应的地面上户外紫外线辐射量的变化结果(被称为辐射放大因素)之间的关系。其次,如果我们知道存在于更多接触户外紫外线机会与更多得皮肤癌的机会之间的剂量反应倍数(生物放大因素),这样,随着臭氧减少而与其有关的将来皮肤癌上升的危险性就有可能被估计出来。第一个关系正通过直接的环境测量而得到明确结果,包括阐明由于对流层污染物而正在造成的混乱。第二种关系可用几种方法来估计,尤其是通过估计浅色人种与接触紫外辐射程度的不同而导致的皮肤癌发病率的地区性差异。但这里我们要注意,我们所观察到与纬度有关的皮肤癌发病率的差异有多少是由于周围辐射水平的差别造成的?有多少是由比如职业、娱乐和服饰这样的人们行为模式的差别造成的?由于这些复杂的反映局部太阳平均辐射程度的行为变化(被流行病学家确认为一种“复杂”的变量,一种使在自由人口中进行非实验性研究很困难的变量),从沉溺于吃喝玩乐的人群中获得的数据可能不能精确地反映真实的剂量反应关系的强度。比如说,处于低纬度的昆士兰人戴着宽边帽而高纬度人则不戴,则澳大利亚真实的与纬度有关的得皮肤癌的危险性就会因为简单地比较他们的皮肤癌发病率而被低估。

1991 年联合国环境规划署估计，臭氧每消失 1%，引起癌症的户外紫外线的剂量就会上升 1.4%，并引起基细胞癌和鳞状细胞癌的发病率分别上升 2.0%和 3.5%。联合国环境规划署估计，臭氧每消耗 1%，会引起非黑素皮肤癌上升 2.3%。根据联合国政府间气候变化专门委员会的全球变暖的估计，这些对辐射和生物放大因素的估计都存在一个不确定区，大约增减四分之一。黑素瘤的生物放大因素则更不确定。它处于 0.5%～10%之间。联合国环境规划署预测，如果臭氧平均减少 10%(像那些在高纬度已经出现的情况)，并且全球性持续 30 年～40 年，将会引起全世界每年至少多出 30 万例的非黑素性皮肤癌及多出 4500 例恶性黑素瘤，也许两倍于此数。

增加与户外紫外线接触的机会对皮肤癌发病率的影响相当于将人群移居到低纬度地区。比如在澳大利亚的塔斯马尼亚(南纬 40 度左右)，按照现在的发展趋势，再过 10 年，比如 2020 年，臭氧层的消耗将每年增加 15%，而这又将使非黑素皮肤癌增加约三分之一。对塔斯马尼亚地区的人而言，这等于沿着澳大利亚东海岸往上走到一半的地方居住，约在南纬 30 度。从长远来看，到 21 世纪中期，在住在两个半球高纬度地区的浅肤色人群中，由于同温层臭氧的持续消耗，皮肤癌的发病率会由此上升 50%～100%。

目前，所有这些估计都由于技术上和统计上的不确定性而不太明确。这些不确定性是由于人们行为的难以预测的适应性变化(如臭氧消失报告已成为我们日常天气报道中的常规部分)及对流层空气污染的局部性波动的结果所造成的。对全世界敏感人群中真实皮肤癌发病率的监测至少在几十年中不会提供危险性改变的明显的证据。针对这种滞后情况，国际癌症署(世界卫生组织的一个机构)正在研究开发建立一种提供早期警告的人群监测体系的新方法。这种系统可能包含对早期与癌症有关的皮肤细胞损伤的测定，包括有特别基因变异的发生情况，这些测定是在居住在不同地理位置因而与户外紫外线辐射接触的程度也不同的选择的人群中进行的。

臭氧层空洞对眼睛的影响

打个不恰当的比喻，当说到对紫外辐射的自然保护时，眼睛就是身体的“阿喀琉斯之踵”。这种辐射能相对自由地穿透过去的身体上的一部分就是眼睛——这是我们为能看到东西而付出的不可避免的代价。

角膜（在彩色的虹膜和瞳孔外面透明的一层）和能聚光的晶状体（位于虹膜后面）过滤掉太阳光中高能量的紫外辐射，不然，就会灼伤眼底后面接收光线的视网膜，结果，投射到角膜的紫外辐射中仅不多于1%能真正到达视网膜。然而，接触紫外线能通过损伤角膜晶状体和视网膜而逐渐损害视力。另外，因为投射的紫外辐射中通过晶状体的比例随着年龄上升而下降，孩子们对作用于视网膜的后果尤其敏感。

经过几十年，这种对紫外线保护性的吸收，使本来透明的一些组织变色（牛奶黄，尤其是晶状体中蛋白质的结晶体）。户外紫外线有足够的能量破坏角膜及晶状体中有机过氧化物分子，并放出非常活泼的、更小的自由基分子，包括氢氧根。在代谢活泼的角膜细胞中，醛脱氢酶消除由这些反应产生的醛。在更稳定的晶状体材料内部，这种自由基导致晶状体蛋白质的光氧化分解和交联，这会使晶状体失去透明性，人们认为这个过程会因缺乏营养而加强，即缺少蛋白质和几种维生素（尤其是维生素A、C和E），它们提供针对自由基分子打击后果的抗氧化保护。这有助于解释在非洲一些缺乏营养的人群中有着非常高的白内障发生率。

根据各种流行病学研究，美国环境保护署预测，与户外紫外线的接触量每增加1%，高龄白内障的发病率将提高4%和6%，这种提高在50岁左右比在70岁时更大。那种估计将核型及皮质型白内障放在一起考虑，尽管它们可能与接触户外紫外线有着不同的联系。

因为我们对白内障与紫外辐射间的关系及对面临的臭氧层损害的趋势还没有把握，所以对未来白内障上升的估计也只能是非常大概的。美国环境保护署已对目前美国人中将增加的白内障数作出了估计，这是氯氟烃排放的六个全球性后果的反映，估计数量从1万增至323.9万。最近，联合国环境规划署预计，持续10%的同温层臭氧的消失引起世界每年高达175万例的额外的白内障病例。长期与太阳光接触可能会引起近视及晶状体前部包膜的变形而损害视力，对这一点联合国环境规划署已提出了最新的证据。

户外紫外线对眼结膜——覆盖于白眼球和角膜之上的透明层——有着更明显的影响，接触强烈的户外紫外线会导致光角膜结膜炎（发生时通常像“雪盲”），而接触量持续增加可能增加眼翳的发生率。对翼手龙（有翅膀的恐龙）而言，翳是眼粘膜上皮增厚而形成的翅膀状的多肉的组织。对在太阳光充足的天气中户外工作的工人而言，这种情况很普遍，这也是视力受损有时也是致盲的一个原因。上面提到的对“水上作业者”的研究发现了个体与户外紫外线接触和眼翳的发生以及气候性点状角膜病的发生（一种变性蛋白质在角膜中沉降的现象，会引起不透明性）之间非常强的正向关系。在澳大利亚成年人中，眼翳在土著居民中的发生率为3%，非土著居民中则约为10%。从少量的数据中，人们估计紫外辐射量提高1%，澳洲土著居民眼翳的发病率会上升2.5%，而非土著居民上升14%。

在眼室后部的光感神经末梢膜——视网膜——对紫外辐射很敏感。尽管在正常环境下，实际上没有紫外线到达视网膜，同温层臭氧的大量消失却会提高与之接触的可能性。光化学损害的结果会使视网膜退化，从而损害视力。事实上，已有一些尽管不一致但确实有的证据证明这种类型的“黑点”状退化与不断和太阳光接触有关。最后，视网膜上的黑点产生于保护性的脉络膜层，它就像给我们皮肤提供色素的黑色素细胞一样——如果发生异常的话，它们可能会成为恶性黑素瘤的开始点。

臭氧层空洞对免疫系统的影响

身体的免疫系统是防御外来抗原性物质的主要屏障，这些物质通常是似蛋白质的分子，像微生物和无生命物质中的灰尘、羽毛屑和花粉颗粒。免疫系统由一个协调良好的组织网、非特定防御性细胞（巨噬细胞和杀手细胞）及专门的且通常是运动的防御性细胞（它们能产生抗体并在体内巡逻以发现并攻击不相容的分子）所组成。与紫外辐射接触的增加会抑制身体的免疫性。对人类而言,这种结果大部分与皮肤色素沉着无关,无论是先天的还是后天的,因此它对全世界都有潜在的意义。

然而,这是一个相对较新的研究领域,因此对其的研究还有许多不确定因素。事实上,这种生物进化的"目的",即由于与紫外辐射接触的增多而导致的免疫抑制性效果的"目的"——如果这种目的存在的话——还仍然是一个谜。目前还没有由于免疫系统受影响而导致的健康紊乱是由与地理环境中 UV 相关的变化造成的流行病方面的系统的证据。然而,在老鼠和人类(较小的范围内)身上所进行的实验显示,户外紫外线辐射可抑制皮肤的接触性过敏;减少免疫活跃的细胞(胰岛细胞)的数量和功能;刺激对免疫有抑制作用的 T—抑制细胞的产生;改变在血液中循环的有免疫活性的白细胞外形。这些与免疫有关的细胞的数目和功能的紊乱在取消紫外线照射后仅持续几天或几周。它们实际上是选择性效果,并且并不像一些病毒及某些药物一样在人体中引起整体性免疫抑制。

如果免疫系统被严重破坏,当环境中一些感染性微生物与人接触时,机体就不能再生存下去。这样的话,臭氧层消失的一个可能后果就是平时由皮肤中的细胞调控的免疫能力就可能在皮肤感染性和霉菌性疾病的抵抗力方面下降。皮肤是有着高度免疫的活性组织。夏天在脸上由疱状单形病毒(唇疮疹)所引起的不断增多的损害在相当程度上表现了紫外辐射对皮肤免疫活性的影响。对老鼠的研究显示:疱状单形病毒的激活和复制紧跟着由紫外辐射引起的局部免疫防御性的抑制发生。

最新证据表明,紫外辐射可导致更广泛的免疫抑制。尽管这种效果使感染性疾病易发生,因而对公众健康有着潜在的重要意义,然而人方面的研究仍做得很少。被紫外线照射的老鼠对结核菌的免疫反应减弱,且将其从内脏器官中消除的能力下降。另外,由人工培养的被紫外线照射的皮肤细胞所分泌出的可溶性化学物质细胞浆被注入老鼠身体内时,会抑制巨噬细胞的细菌破坏活性——这是免疫学防线中的第一道防线——也就是滞后型过敏反应。(在控制结核菌方面有关免疫系统重要性的并不好的证据已经在被对免疫有摧毁性的艾滋病毒感染的人身上得到了普遍确认。在被艾滋病毒感染的人群中，临床结核菌活跃性比率急剧上升，在非洲及最近在印度尤其如此。）由于紫外线导致的对感染的敏感性在一些贫穷国家会变得重要，这些国家内脏功能紊乱性疾病较多，感染性疾病的问题也很普遍，像肺结核、麻风病和黑热病——一种在热带、亚热带国家很普遍的皮肤病，它由沙蝇传播，会引起持续的大面积的疼痛，并由此引发许多疾病，许多人也因此死去。事实上，对老鼠进行的实验性研究显示，像麻风病和黑热病这样的慢性皮肤感染可能会由于皮肤局部的由细胞调控的免疫力受到抑制而特别易受影响。总之，这样或那样的研究报告都显示，由于细菌、真菌、病毒和原生动物引起的感染性疾病都可由于因紫外线而导致的系统免疫抑制而被加剧。联合国环境规划署已经发出警告，与紫外辐射接触的上升可能会因免疫受抑制而对艾滋病的临床发展更有利。

一个相关并潜在的危险将是疫苗有效力的降低。为了获得良好的免疫活力，机体对疫苗的抗原必须作出强有力的反应。对通过皮肤注射疫苗的接种而言（如结核病），由于紫外线引起的对抗原的局部细胞免疫反应受到抑制机体的反应会受到损害。尽管有关这方面的证据还很少，但最近对年轻的成人志愿者进行的一项实验性研究已经发现接触紫外线少量的增加就会损害皮肤对抗原的免疫反应，而足以引起局部晒伤的接触会抑制身体各处没被照射到的部位的反应性。另外，看上去浅、深皮肤人种所受的影响都相同。当世界卫生组织努力使全世界的儿童对主要的传染病有免疫力的时候，任何由于营养和感染而已在免疫学意义上变得更虚弱了的人群中此类免疫反应性的削弱可能会部分地阻碍那种英雄式的努力，尽管这只是推测。

免疫系统也是身体抵御癌症的一个部分。对此强有力的证据来自对那些先天免疫系统缺陷的人、有免疫抑制且进行了器官移植的病人及由于免疫受损而得艾滋病的人进行的研究。所有这些人都有产生癌症的更大的可能性，尤其是非黑素瘤性皮肤癌、淋巴系统癌症（如淋巴癌）及其他几种被认为是由于病毒引起的癌症。在从人体细胞中查找滤过性毒菌的脱氧核糖核酸的分子生物技术的协助下，人们可能会发现病毒在更大范围内与人类癌症有关，由于紫外线引起的免疫防御所受的抑制可能造成多方面的影响。爱泼斯坦—巴尔病毒（EBV）是一个非常有意义又有趣的例子，因为看上去它应对免疫受抑制人群中发生的淋巴瘤负责。它是一种与人类一同进化的古老的病毒，被人们以无症状的感染方式一生携带，且一直被免疫系统的T细胞所控制。然而，对免疫系统的抑制——不论是由于对器官移植病人用药还是由于进化的新的艾滋病毒引起的——都会干扰这种良性关系并将EBV转变成一种致癌病毒。

与户外紫外线的实验性接触会抑制老鼠的免疫系统，使其对导致癌症的化学物质变得更脆弱。同样，将老鼠皮肤的癌移植给先前照射过户外紫外线的老鼠要比移植给那些没有照射过户外紫外线的老鼠长得更快。这些癌症的增多有可能是由于某种因紫外刺激而形成的白血细胞——抑制性T细胞，它存活在正常身体的抗脂肪防御体系中。由此，除了直接导致皮肤癌，与户外紫外线接触可以促使在正常情况下被免疫系统监视着的其他类型的癌变的发生。

臭氧层空洞对水生物种的影响

就光合活性而言，浮游植物群落（微生植物及藻类）是世界上主要生产者中最重要的单组。它们好像海洋之草，每年将几乎1000亿吨碳转换成有机物质。它们形成海洋及沿海岸线食物网的基础，而该食物网提供给人类所有蛋白质中的约四分之一。

与户外紫外线接触的增加会对水生生态系统中的浮游植物起负面影响。有数百种浮游植物有机体，它们的大小，光合作用速率、营养成分及对紫外辐射的敏感性不同。浮游植物生活于近水表面，一般缺乏抵御紫外辐射增加的能力。比如，大多数浮游植物不能在水体中对它们的位置进行补偿性改变。因而，如果能穿透海水表面几米以下的户外紫外线的量上升的话，就会对这些物种形成损伤，这主要是通过损伤其光合作用进行的。

在极地的初夏时分，当融化的海冰形成一个适宜稀释了的盐水微环境时，藻类浮游植物数量就会戏剧性地上升。这一过程为海洋动物食物网需要吸收的养分及太阳能的提供打下了基础。由于紫外线导致的对浮游植物的伤害及对无脊椎浮游动物(微动物,包括磷虾,它们以浮游植物为食,并有可能也被户外紫外线直接伤害)的伤害将引起虾及蟹幼体数量的减少,接着是鱼类。无脊椎浮游动物会在海洋表面度过一段时间找吃的并繁衍后代,而与户外紫外线接触增多会减少这段时节的长度,这就产生通常情况下的物种丰富程度减少的后果。

目前关于臭氧层枯竭对在海洋上层的海洋生物造成的危险的估计有大有小。人们已在超过 20 米深的清水到 5 米深的浑水中观察到了户外紫外线对浮游植物产生的不利后果。处于南极臭氧空洞下的浮游植物与其他的浮游植物相比,它们的光合作用活性下降了 6%～12%;这一过程已在一项研究中被人们观察到了。由于环境中紫外辐射的普遍性,生物圈中许多有机体进化出了适合于自然环境的适应性防御能力,特别是有些海洋生物能产生对户外紫外线有吸收性的“隔光”物质,像类黄酮及像克霉唑的氨基酸。但是,是否这些机制也能补偿增加了的紫外辐射还不得而知,尽管有些实验显示了与户外紫外线接触增加,隔光产物也相应增加。几乎能肯定的是,这些补偿是以降低光合作用的生产率的代价换回的。

由紫外线导致的浮游植物活性的抑制将减少海洋对大气中二氧化碳的吸收,因为像陆生植物一样,浮游植物需要它作为新陈代谢的基质。海洋实际上是地球上活性碳最大的储藏库,浮游植物成了将碳从水表面移到深处的重要的“生物泵”,臭氧层消失会由此增强温室效应,这是因为它减少了海洋作为二氧化碳水槽的容积。联合国环境规划署估计,每损失 10% 的海洋浮游植物就会使海洋每年减少吸收二氧化碳 50 亿吨梯恩梯,等于每年从原油燃烧中人为排放的数量。

另一个更让人深思的问题是,臭氧层消失可能导致海洋生态系统的混乱,浮游植物向大气释放出大量气态二甲基硫化物,其速度是与它每日由太阳光控制的代谢活动相一致的。二甲基硫化物形成硫化气溶胶颗粒——它起到作为云冷凝核心的作用,云形成后以一种反向回馈方式减少了到达海洋表面的紫外辐射。然而,如果海洋微生物由于臭氧层的消失而变少,则甲基硫化物的释放也将减少,形成的云也会变少,更多的紫外辐射就会冲击到海上。而正向反馈方式也会如此发生。正如我们将多次看到的,当涉及生态系统的混乱时,问题常常变得更复杂了。

臭氧层空洞对建筑材料的影响

因平流层臭氧损耗导致阳光紫外线辐射的增加会加速建筑、喷涂、包装及电线电缆等所用材料,尤其是聚合物材料的降解和老化变质。特别是在高温和阳光充足的热带地区,这种破坏作用更为严重。由于这一破坏作用造成的损失估计全球每年达到数十亿美元。

无论是人工聚合物,还是天然聚合物以及其它材料都会受到不良影响。当这些材料尤其是塑料用于一些不得不承受日光照射的场所时,只能靠加入光稳定剂和抗氧剂或进行表面处理以保护其不受日光破坏。阳光中户外紫外线辐射的增加会加速这些材料的光降解,从而限制了它们的使用寿命。研究结果已证实短波户外紫外线辐射对材料的变色和机械完整性的损失有直接的影响。

在聚合物的组成中增加现有光稳定剂和抗氧剂的用量可能缓解上述影响,但需要满足下面三个条件:

(1)在阳光的照射光谱发生了变化即户外紫外线辐射增加后,该光稳定剂和抗氧剂仍然有效;

(2)该光稳定剂和抗氧剂自身不会随着户外紫外线辐射的增加被分解掉;

(3)经济可行。目前,利用光稳定性和抗氧性更好的塑料或其它材料替代现有材料是一个正在研究中的问题。

世界各国科学家普遍认为臭氧层耗减是客观存在的现象,对于CFCS和哈龙引起臭氧层耗减的看法也基本认同,但要准确估计臭氧层耗减对人类和生态环境的危害程度,还要做大量的科学研究工作才能确定。

■土地沙漠化

人类要生存，就要有充足的食物，食物的多少往往关系到国家的兴衰，决定着国家是安定团结还是战乱纷争。翻开人类的历史，从古到今，多少战火，无不以争夺食物、土地、自然资源为目的。食物对人类如此重要，那人类从何处取得食物呢？提供人类食物途径主要有两条：一条是陆生生物食物链，它与土地有关，即土壤→农作物→禽畜→人；另一条是水生生物链，它与海洋、江河、湖泊有关，即水→浮游植物→浮游动物→鱼类→人，其中土地上这个食物链最为重要，人们说土地是人类的母亲，这话一点也不过份。母亲养育了我们，可我们对这位不求报恩的母亲的“皮肤”——大地，不断地加以破坏，许多地方，大地已不能提供植物生长的养料和水分，再不能为人类提供食物了。

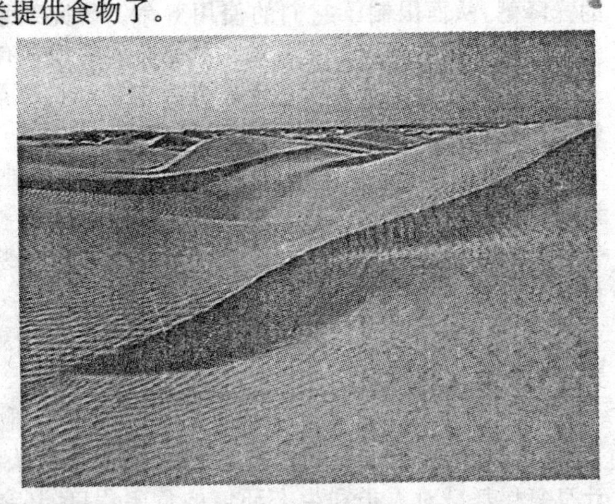

△ 土地沙漠化

自人类诞生以来，世界陆地面积由于人类和自然的共同作用，仅有十分之一适合耕种，其余的陆地不是气候不宜，就是由岩石沙粒组成。但是，这十分之一的耕地也在逐年减少。本世纪以来，土地沙漠化日趋严重，成为全球重大生态环境问题之一。全球干旱地区和沙漠，集中分布于6大区域。从北非的撒哈拉经过西南亚的阿拉伯以及印度西北部、前苏联的中亚至中国的西北和内蒙古，即从北纬10。附近向东北一直延伸到北伟55。附近，形成一个几乎连绵不断的辽阔的干旱沙漠区，占世界干旱区和沙漠总面积的67%。据联合国环境规划署统计，每年全世界有2700万公顷农田遭到沙化，其中600万公顷的土地变为沙漠。目前，近三分之一的全球陆地面积即4500万平方公里的土地受到沙漠化的威胁，受沙漠化影响的人口达8.5亿，其中5亿是农民。

沙漠化对发展中国家的危害尤其严重。从佛得角到索马里穿越非洲大陆的萨赫勒地带的19个国家都深受沙漠化之害。撒哈拉沙漠每年以15～16公里的速度向萨赫勒地区进逼，造成这一地区每年损失可耕地达150万公顷，连年旱灾，饿殍遍野。中东和西亚地区，许多早期人类文明的遗址变成了大沙漠。中国因土壤肥分流失每年损失可达几十亿元。印度三分之一的可耕地有完全不宜种植庄稼的危险。巴西、阿根廷一些地区沙漠化在发展，经济损失也十分严重。

发达国家沙漠化造成的恶果也十分明显。美国全国耕地表土流失量1年达64亿吨。有人预测，如不采取有效措施，美国农业将衰退，世界将发生严重的粮食问题。前苏联学者指出，前苏联每年由于土壤侵蚀造成的损失达农业总产值的8%～10%。

◎"人造"沙漠

大量事实证明，随着科技的进步和生产力的发展，一项错误的政策或法令，常常可以带来巨大的恶果。相反，正确的政策或法令，必然会产生卓著的经济效益、环境生态效益和社会效益。因为，从对资源的开发、利用、治理和保护角度来说，正确的政策或法令一定是符合自然规律和经济规律的。而正确的政策或法令的制定，首先是以客观规律为依据，同时也充分考虑到当前合理利用这些规律的可能性以及可能利用的程度。人类认识客观规律的程度和深度是和当时的科学技术水平联系在一起的，利用这些规律的可能性又与科学技术和经济实力分不开。如果不按照客观规律办事，技术愈进步，对自然破坏的能力愈大，程度愈严重，速度愈迅速。按照自然客观规律办事，技术愈进步，就愈能最充分地发挥自然资源的生产潜力及再生能力，给人类提供永不衰竭的物质和精神财富。

科学技术尚未发展到充分发挥自然生产潜力之前，以及又没有足够条件使已有的科学成就在某一地区变为社会生产力之前，该地区单位面积上负载的人口愈多，对自然资源破坏的程度可能愈严重。从这个意义上讲，人口密度的大小常常也是影响荒漠化的重要因素。掌握科学技术的人越少，运用科学技术成就去和自然作斗争并取得斗争胜利的可能性也越小，违反自然规律和经济规律办事的人可能就越多。因此，人们的科学技术水平也就成了影响荒漠化的又一个重要因素。

人类活动影响荒漠化的因素

人类活动影响荒漠化的实质是人类发展的政治制度、科学技术和经济发展水平、人口密度及其文化素质等发展状况，始终深深打上了社会政治、经济和文化的烙印。这是人类活动影响荒漠化的一个重要特点。

结合我国实际情况，从人类自身不合理安排生产、社会、经济活动方面考虑，这些因素包括：

(1)人口迅速增长对环境、资源的压力无疑是造成荒漠化发展蔓延的最主要的原因。

(2)传统落后的农、牧、林生产方式加强了对资源的掠夺和对环境的破坏。

(3)社会经济的落后以及人们的贫困，一方面促进掠夺行为的发展，另一方面又无力进行环境的建设。

(4)环境意识不强，不懂得保护环境的重要性，由于“不知道”、“没想到”、“想不到”，人们的许多行为违反了客观规律，遭到了大自然的报复，促进了荒漠化的发展。

(5)经营不善、管理水平低下，生产长期停留在低水平上重复，无力逆转荒漠化过程和制止荒漠化发展。

(6)“短期利益驱动”，只求近利，违反资源环境良性演替规律，乱建窑、乱建厂、乱开矿、乱捕、乱捞、乱砍、乱挖，导致风蚀加强、水土流失加重，加速环境破坏和土地退化。

(7)政策失误导致荒漠化发展,20 世纪 50 年代国家在北方干旱半干旱地区进行大面积开荒,一部分不宜开垦的土地垦殖为农田,后被撂荒,引发沙漠化的加剧。70 年代在“以粮为纲”、“牧民不吃亏心粮”等口号下造成几次牧区大开荒,导致草原、牧区荒漠化的进一步发展。90 年代放牧政策失控,超载过牧和不合理开垦,又导致了荒漠化从整体上发展的格局。

(8)法制法规不完善,执法不严,环境和资源的保护受到削弱,加强法制建设已经成为荒漠化防治的重大问题。

(9)组织、管理体系不健全,影响了荒漠化防治速度与建设规模,应把对保护、改造、建设环境和防治荒漠化成效与各级领导政绩挂钩,成为使用、任免和奖惩干部的重要指标。

(10)科学技术成果转化水平低。

人类活动对环境破坏的表现

人类活动对风蚀荒漠化和水土流失的影响,一般是在自然生态环境比较脆弱的地区,或者是潜在侵蚀威胁较大的地区。在这些地区,如果人类施加给自然的不良影响超越了自然本身的忍耐能力(或者叫弹性限度),并且长期持续不断地作用,脆弱的自然生态平衡必然遭到破坏,而且在短时间内很难逆转。侵蚀过程也必然是在自然侵蚀的基础上愈演愈烈。人类企图通过自己的力量去改造它,制止它,其难度比那些自然稳定性高的地区大得多。人类活动影响的这一特点在我国黄土高原表现得尤为明显。黄土高原是一个自然侵蚀活跃的地区,经过几千年人类活动的影响,水土流失已发展到十分严重的地步,尽管我们已开展了几十年较大规模的治理,就全区而言,距离全面控制荒漠化的目标还相差很远。

人类活动影响荒漠化的另一个特点是人类生产活动中对土地的利用是否合理. 自从人类开始农林牧业生产活动起,就不同程度地引起了人为加速侵蚀的问题。人类的农林牧业生产活动影响荒漠化的实质,是如何合理利用土地资源以及科学地管理经营土地。以自然规律和经济规律合理安排利用土地资源,则荒漠化发生可能性比较轻微。相反,如果不顾自然规律和经济规律,对土地实行掠夺式经营,则必然导致严重的荒漠化以及生态灾难。目前世界上所有荒漠化严重的地区，几乎都是过去或现在土地利用不合理，土地经营管理不善的地区。

人类出现以后，由于人们粗暴地干扰生态环境，致使生态环境的变化日益加快。结果，人类经常面临着两种潜在因素的威胁：一是生态环境的人类震荡（也可以说是一种变化）频率加快，人类在预测环境的变化中遇到了众多的不确定因素，因而人类对自己的行为后果缺乏及时和准确的认识；二是生态平衡变得非常脆弱，人类经常处在遭受平衡失调的自然环境的报复状态之中，人类环境变得十分危险。这两种潜在因素，往往是人类诱发自然灾害的直接原因。而人口的激增、人均资源的消耗量的增加，以及人类对自然资源掠夺性的开发和无情破坏，则是导致大自然报复的根本原因。

◎荒漠化仍在持续

非洲热带森林滥伐与火烧以后，后退了 40～600 公里，热带森林变为热带草原，热带草原景观进一步退化，变成类似荒漠景观。他指出：农垦、采伐森林、土壤侵蚀交织在一起，导致非洲热带森林土壤和植被遭到破坏，在那里荒漠多少对农业具有明显的威胁，而且在干旱和炎热季节，会进一步呈现热带大草原景观，如果继续忽视其脆弱性，终将导致类似荒漠景观的出现。他把这种退化称之荒漠化。

10 年后，法国科学家 H. N. Htouerou 于 1959 年提出“荒漠化”概念，用于表述人类不合理的经济活动造成的，原非荒漠的干旱、半干旱区域荒漠景观的蔓延。

全世界直接受到荒漠化影响的人口超过 2.5 亿；100 多个国家，10 亿人正面临荒漠化的威胁，由此每年要损失 4.2 亿美元；其中亚洲约 2.1 亿。非洲 0.9 亿，北美 0.5 亿，南美和澳洲分别为 0.3 亿，欧洲 0.1 亿。其中 81 为个发展中国家，包括世界上最贫穷和政治力量最薄弱的广大民众。

当人们把防治荒漠化的注意力集中在发展中国家，特别是非洲赤道以南时，40 多位欧洲气候学家在 1996 年提出报告，在西班牙、葡萄牙、希腊和意大利的部分地区，荒漠化进程已经有将近30年的时间。

由欧洲委员会资助的这项为时5年的研究中发现，由于大陆的持续变暖，这些地区的持续干旱已经成为非例外的常规事件，只是间或被猛烈的，冲刷土壤的倾盆大雨所打断——而这大雨正是水蚀荒漠化强烈发展的时期。负责组织这项研究的英国伦敦国王学院的约翰·索内斯教授以“我们家门口的荒漠化”为题，向《新科学家》杂志发稿指出：“1990～1995年西班牙持续干旱只是这一趋势的一部分”。最新降雨分析解释“1963年是一个转折点，自那以后降水量趋于持续下降”，同时“热浪和强暴风雨的数量和持续时间都明显增加”。在科学家们的发现公布两个月以后，联合国粮农组织的一项声明称“除非采取紧急的强有力措施”，否则地中海农业的可持续性看来是有问题的。

在1996年的美国地理调查中，由但丹尼尔·穆斯领导的科学小组发现，美国中西部广袤的、生长农作物的平原远比人们以前所认为的更易于因气候变化而成为沙漠。为一层薄薄的牧草所覆盖的西部平原，经过几年的干旱之后可能成为沙漠。这些发现表明，我们目前所处的全新式气候时代比以前认为的更加反复无常。这意味着大气循环方式的较小改变（如在温室气体增加的情况下凸现出来方式），已在曾经肥沃的田野上引发了大规模的洪水和沙丘移动。据《纽约时报》记者威廉·K·史蒂文斯报道：“如果有关诸如二氧化碳那样的吸热气体的积累导致气候变化的预期成为现实的话，西部平原晚至18世纪出现的，灾难性的撒哈拉沙漠式状况有迅速蔓延的可能。”

如果人类不能够把握住自己，肆意破坏我们的生存环境，这些忠告并非耸人听闻。

水资源短缺与水污染

全球的水资源总量为13.8亿～14亿立方公里，但其中不能直接利用的海洋咸水约占96.5%，剩下的3.5%的陆地水，绝大部分又被冰川、雪山、岩石、地下水和土壤所占去。可供人类采用的河湖径流水和浅层地下水，仅占淡水总储量的0.35%。水在环球水圈中自成一个封闭的循环体系，海水和陆地水之间，通过蒸发、降水、水流等，形成循环平衡。人类真正能够直接采用的淡水，是来自这种循环平衡降水中的那部分稳定径流，其总量约每年9000立方公里。仅从数字推算，人类拥有9000立方公里的淡水资源量，应不致于缺水，但水资源危机却是全球性的问题。

据有关资料显示：目前全世界有80多个国家和地区缺水，占全球陆地面积的60%。有13亿人缺少饮用水，20亿人的饮水得不到保证。根据当前的气候条件和人口预测，到本世纪末，全球人均水资源量将减少24%，稳定可靠的人均供水量，将由3000立方米降至2280立方米。人类对水资源的耗量在不断增加，约经过15年便要增加1倍。目前世界人口增长率约为2%，而用水增长率却达到了4%，有的国家则达到10%。

水资源不足已是人类面临的重大问题，其原因主要有：(1)全球大气降水的时空分布不均导致一些地区缺水严重；(2)人口迅速增长，城市高度集中，使人均占有水量急剧减少，局部地区"水荒"问题突出；(3)工、农业生产迅速发展，非生活性用水量迅速增加；(4)工业和城市的污水、污物排放使许多水体遭受严重污染。据世界卫生组织估计，目前，全球约有四分之三的农村人口常年得不到足够的淡水。

目前，人类不仅面临着淡水短缺的危机，而且，水资源不断被污染，使干净的水越来越少。众所周知，水在自然界中不断地与大气、土壤、岩石等接触过程中溶解了钙、镁、钾、铁、锰、氧、氮、硅、磷等许许多多不同状态的物质，它们是人体或动植物生存所必需的。但是由于人为的原因，使某些有害有毒物质进入水体中，并且这些污染物质的数量超过了水的自净能力，改变了水的组成及其性质，造成水质污染，继而危害人体健康和动植物的生长。

随着工业发展、全球迅速城市化，工业废水和城市污水的大量增加，水质遭到严重污染，水在痛苦地呻吟。工业废水中的污染物质约有157种，大致分为以下几大类：重金属如汞、镉、铜、铬、铅、锌、锰、矾、镍、钼等。

类金属是指危害性质类似重金属的，如砷。

有机化合物包括碳氢化合物、氧化合物、氮化合物、卤代物、芳烃衍生物、高分子聚合物等170万种，其中许多是有毒物质，如苯酚、多氯联苯、六六六、滴滴涕、氰化物、狄氏剂等。

植物富营养化是指水中养分供应过量，使动植物大量繁殖，导致水域环境恶化。

耗氧污染物是消耗水中大量溶解氧物质的总称。

热污染是指大量热水排入水体，导致水温上升，危及生物生长。

无机污染物包括酸、碱、无机盐类、无机悬浮物。

油类污染是指石油污染，它浮在水面上，阻止氧气进入水体，使水变臭，鱼窒息而死。城市生活污水最常见的是来自带菌的人类粪便。

◎我国的水污染

我国有82%的人饮用浅井和江河水，其中水质污染严惩细菌超过卫生标准的占75%，受到有机物污染的饮用水人口约1.6亿。长期以来，人们一直认为自来水是安全卫生的。但是，因为水污染，如今的自来水已不能算是卫生的了。一项调查显示，在全世界自来水中，测出的化学污染物有2221种之多，其中有些确认为致癌物或促癌物。从自来水的饮用标准看，我国尚处于较低水平，自来水目前仅能采用沉淀、过滤、加氯消毒等方法，将江河水或地下水简单加工成可饮用水。自来水加氯可有效杀除病菌，同时也会产生较多的卤代烃化合物，这些含氯有机物的含量成倍增加，是引起人类患各种胃肠癌的最大根源。目前，城市污染的成分十分复杂，受污染的水域中除重金属外，还含有甚多农药、化肥、洗涤剂等有害残留物，即使是把自来水煮沸了，上述残留物仍驱之不去，而煮沸水中增加了有害物的浓度，降低了有益于人体健康的溶解氧的含量，而且也使亚硝酸盐与三氯甲烷等致癌物增加，因此，饮用开水的安全系数也是不高的。据最新资料透露，目前我国主要大城市只有23%的居民饮用水符合卫生标准，小城镇和农村饮用水合格率更低。水污染防治当务之急，应确保饮用水合格。为此应加大水污染监控力度，设立供水水源地保护区。

◎水污染的危害

日趋加剧的水污染，已对人类的生存安全构成重大威胁，成为人类健康、经济和社会可持续发展的重大障碍。据世界权威机构调查，在发展中国家，各类疾病有8%是因为饮用了不卫生的水而传播的，每年因饮用不卫生水至少造成全球2000万人死亡，因此，水污染被称作“世界头号杀手”。

水体污染影响工业生产、增大设备腐蚀、影响产品质量，甚至使生产不能进行下去。水的污染，又影响人民生活，破坏生态，直接危害人的健康，损害很大。

(1)危害人的健康水污染后，通过饮水或食物链，污染物进入人体，使人急性或慢性中毒。砷、铬、铵类、笨并(a)芘等，还可诱发癌症。被寄生虫、病毒或其它致病菌污染的水，会引起多种传染病和寄生虫病。重金属污染的水，对人的健康均有危害。被镉污染的水、食物，人饮食后，会造成肾、骨骼病变，摄入硫酸镉20毫克，就会造成死亡。铅造成的中毒，引起贫血，神经错乱。六价铬有很大毒性，引起皮肤溃疡，还有致癌作用。饮用含砷的水，会发生急性或慢性中毒。砷使许多酶受到抑制或失去活性，造成机体代谢障碍，皮肤角质化，引发皮肤癌。有机磷农药会造成神经中毒，有机氯农药会在脂肪中蓄积，对人和动物的内分泌、免疫功能、生殖机能均造成危害。稠环芳烃多数具有致癌作用。氰化物也是剧毒物质，进入血液后，与细胞的色素氧化酶结合，使呼吸中断，造成呼吸衰竭窒息死亡。我们知道，世界上80%的疾病与水有关。伤寒、霍乱、胃肠炎、痢疾、传染性肝类是人类五大疾病，均由水的不洁引起。

(2)对工农业生产的危害水质污染后，工业用水必须投入更多的处理费用，造成资源、能源的浪费，食品工业用水要求更为严格，水质不合格，会使生产停顿。这也是工业企业效益不高，质量不好的因素。农业使用污水，使作物减产，品质降低，甚至使人畜受害，大片农田遭受污染，降低土壤质量。海洋污染的后果也十分严重，如石油污染，造成海鸟和海洋生物死亡。

(3)水的富营养化的危害在正常情况下，氧在水中有一定溶解度。溶解氧不仅是水生生物得以生存的条件，而且氧参加水中的各种氧化还原反应，促进污染物转化降解，是天然水体具有自净能力的重要原因。含有大量氮、磷、钾的生活污水的排放，大量有机物在水中降解放出营养元素，促进水中藻类丛生，植物疯长，使水体通气不良，溶解氧下降，甚至出现无氧层。以致使水生植物大量死亡，水面发黑，水体发臭形成“死湖”、“死河”、“死海”，进而变成沼泽。这种现象称为水的富营养化。富营养化的水臭味大、颜色深、细菌多，这种水的水质差，不能直接利用，水中断鱼大量死亡。

海洋污染

世界海洋总面积约为 3.61 亿平方公里，占地球总面积的 71%，共拥有 5000 万亿吨水，它是维持人类生存环境的庞大生态系统，为人类提供丰富的食物资源。海洋也是各国交通、通讯的媒介，沿海地带则是发展城市、工业、渔业的好场所，有些海湾则是旅游胜地。

近几十年，工农业生产突飞猛进，给人类创造了美好的生活。但是，一个新的严重的社会问题——环境污染，在悄悄地滋生和蔓延。别以为污染只发生在高空中、陆地上，要知道，它最终都要归到海洋中去的。因为海洋处于生物圈的最低部位，“千条江河归大海”，高空中、陆地上所有的污染物，迟早都将归入大海。大海只能接纳污染，而无能把污染转嫁别处，它是全球污染的集中地。而海洋又是彼此相通的，任何一处污染，危害的是整个人类，只是程度不同罢了。

人们总认为，大海大洋能包容一切，是毁不了的，于是海洋被当成了“万能的垃圾桶”，每年往海里倾倒的垃圾达 200 亿吨。注入海洋的废弃物主要有：来自城市污水排放和工业废物排放以及含农药和化肥的径流；航运和近海钻探活动所产生的污染物（主要是油类）；有毒或有害废物，其中包括放射性废物；各种人类起源的与自然起源的大气及陆地进入物。例如：每年约有41000立方公里的淡水自江河流入海洋，河水携带有约200亿吨悬浮物质和溶解的盐类，其中包括难以精确确定数量的金属和有机污染物。排入海洋中的油类，1年最少300万～600万吨，也就是说，开采每1000吨石油中至少有1吨被溢出或倒掉。

大家知道，石油中含有微量致癌物质，人们食用了被石油污染的鱼类、贝类，将严重损害身体健康，甚至染上食道癌、胃癌而痛苦地死去。

一吨石油进入海洋后，会使1200公顷的海面覆盖一层油膜。这些油膜阻碍大气与海水之间的交换，减弱太阳辐射透入海水的能力，影响浮游植物的光合作用。石油污染还会干扰海洋生物的摄食、繁殖和生长，使生物分布发生变化，破坏生态平衡。鱼类对石油污染十分敏感，只要嗅到一点点气味，立即远离污染区，洄游鱼类马上改变线路，鱼类的生活圈稍有变更，便影响繁殖，甚至大批死亡。石油对鱼卵和幼鱼杀伤力更大，一滴油污，可使一大片幼鱼全部死去。孵出的鱼苗嗅到油味，只能活一两天。一次大的石油污染事件，会引起大面积海域严重缺氧，使海水中所有生物都面临死亡的威胁。严重的油污，将使整个海区变成生物灭绝的死海。海湾战争中几乎整个波斯湾水域，都蒙上一层厚厚的油膜，而且不断向外海扩散加大，受害面积是整个伊拉克和科威特土地面积的成百上千倍。要完全消除这里的浮油污染，估计得花50亿美元，十年时间。

海洋污染的危害主要有：海上生物的死亡或变成有毒的生物。如甲壳类动物最容易受油污染之害，因为它们常常生活在近岸水域及海湾。油船沉没，溢出石油，导致沿岸大量海洋生物的死亡，其中大部分是软体动物和甲壳类动物。这对人类健康造成威胁。人们食用了遭到污染的生物，轻者生病，重者死亡，日本水俣湾事件便是一例。人类食用受城市废水污染的甲壳类动物，能引起传染性肝炎和其他病毒所致的疾病、呼吸道感染以及常见的胃肠炎等。

海洋污染还影响海洋生态环境。

海洋如同一个社会，各种生物之间，生物与环境之间都是相互依赖、相互制约的。在正常情况下，它是平衡稳定的生态系统。一旦污染增大，超过了它自身净化能力的极限，平衡就要被打破，灾难就要降临到人间。

森林锐减

森林是地球生态系统主体，它不仅可以提供木材和其他产品，更重要的是保护丰富的遗传多样性、调节气候、清洁大气和水、循环基本元素、创造并再生土壤等，还具有美学价值、文化价值和科学价值。

可是最近几十年来，人类对森林破坏的速度大大加快。目前，世界森林约 28 亿公顷，现在仍以每年 1800～2000 万公顷的速度减少，其中热带森林每年减少 1150 万公顷。据预测，到本世纪末，世界森林面积将下降到占陆地面积的六分之一，到 2020 年下降到七分之一。如果任其发展下去，170 年后全世界的森林将消失殆尽，人类无限的索取最终将遭到自然界的报复。

世界著名北非撒哈拉大沙漠，在古埃及人实行刀耕火种之前，这里是森林茂密、绿草如茵的地方。以后它被开发成耕地，并成为古埃及人的粮仓。由于森林植物被破坏，出现了长期的干旱天气，摧毁了古埃及人的农业，耕地变成了沙漠。闻名世界的金字塔，历经沧桑，被留在沙漠的边沿，仿佛在凭吊着古埃及繁荣昌盛的历史。与此类似，印度半岛的塔尔沙漠也是由于植被和森林被破坏，由粮仓变成了沙漠。

世界最大的亚热带原始森林，位于拉丁美洲的亚马孙河流域，那里的木材蕴藏量占世界总蕴藏量的 45%，树的种类也居世界第一，每 1 万平方米内树木达 200 多种，而一般森林，每 1 万平方米内树木不超过 25 种。这里至今还栖息着许多没有被人类记载的生物，在人类还来不及认识它们的时候，就随着现代化伐木机的轰鸣声，被判死刑。同时，这片原始森林，每年以 110 亿平方米的速度消失，这个速度相当于每小时砍伐 100 万株树木，或者说，人呼吸一次，就有 120 多棵树倒在人类的“屠刀”下。亚马孙地区森林覆盖率已由原来的 80%，减少到现在的 45%。森林的减少使该地区雨季缩短，旱季增长，暴雨成灾，山洪泛滥，农业大幅度减产。科学家们预测，照这样速度砍伐下去，再过几十年，这里就有可能成为世界上最大的沙漠地带之一。

我国的神农架原始森林，占地 32×10^{-5} 万平方米，因传说神农氏在此遍尝百草而得名。这里的野生生物有 570 多种，植物 2000 多种，草药 1300 多种。70 年代开始为国家生产木材，每年达 300 万立方米，修筑公路 1200 多公里，公路通到哪里，参天大树就倒在哪里，8.1 万平方米的森林已被夷为平地。照此下去，我国的神农架还能存在多久？与神农架命运相同的地区还有大兴安岭、西双版纳等原始森林。滥砍滥伐使我国的自然保护区由 58 处减少到 36 处。

森林锐减给人类生存和发展带来严重恶果，导致自然灾害在更大范围内频繁发生。一些江河流域森林被破坏以后，雨水流失量增加，使下游地区洪水泛滥。近几年来，孟加拉国、印度、苏丹、泰国等相继发生严重水灾。森林锐减后还引起旱灾，导致严重的粮食危机，直接威胁成千上万人的生命。特别是非洲地区，长达十几年的持续干旱，饥荒夺去了上百万人的生命。森林锐减还造成全球性的严重水土流失，全世界每年约有 250 多亿吨耕地土壤被侵蚀而流失。美国 1.65 亿公顷耕地每天约有 1000 万吨宝贵的表土层流失。

生物物种锐减

全球生物物种最多的时候，曾经达到过 2 亿多种。目前仅存大约有 300～1000 万种。如今，由于人类对野生动物滥捕，对森林滥砍，或采用“化学战”方式污染环境，使得地球上的野生动植物正在以惊人的速度走向灭亡。据推测，在几次生物大灭绝的灾难中，生物灭绝速率是“每千年一种”。然而从16世纪到19世纪的300年间，鸟兽灭绝了75种。70年代末期，物种灭绝率变为每天一种。到了90年代初，有人估计物种灭绝率是每小时一种，到2000年将有100万种生物物种从地球上消失。如果热带雨林不能得到保护，地球上将有80%的植物和400万生存在雨林中的生物随之消失。

19世纪前，曾经纵横美国南北大陆的6000万只野牛，在不到200年的时间里被人类杀光，其最后一批被围歼在圣塔菲途中。几乎在同一地点、同一时间里，北美大陆的50亿只旅鸽，由于人类的捕杀而消亡。1914年，保护在美国辛辛那提动物园的最后一只旅鸽死去，这种鸟从此在地球上绝迹。非洲大象十年来数量减少了一半。位于几内亚湾的科特迪瓦，原名叫象牙海岸，是一个盛产大象的国家。但是，从1950年到现在的40余年间，科特迪瓦的大象竟然从10万头锐减到1500头。偷猎者捕杀大象，为的是什么？只不过是为了出售象牙。全世界年产象牙量达800吨，这意味着每年有80万头大象惨遭杀戮。

在肯尼亚，过去10年中有5万头大象成为贸易的牺牲品。1989年7月18日，肯尼亚总统用一支火炬点燃价值300多万美元的12吨象牙，它是近5年中肯尼亚警方从偷猎者手中缴获的，这一行动表示了肯尼亚政府坚决制止日益疯狂的捕杀大象活动的决心。犀牛和大象一样惨遭厄运，只因为犀牛角价格看涨。如今，非洲白犀牛已濒临灭绝，黑犀牛的数量15年来减少了90%。

我国新疆的准噶尔盆地，曾经是野马的故乡，本世纪70年代以后，人们再也没有在那里见到野马的踪迹。

世界上最大的两栖类动物娃娃鱼，经两亿年的严峻考验，随大陆漂移后流浪到川、陕、鄂三省交界的深山角落里。1983年中，在竹溪县万江河，出现了一场娃娃鱼大屠杀，上千人不分白天黑夜，在几十条大川峡谷之中，捕杀了重3万多公斤的娃娃鱼。如此大量的娃娃鱼，无辜死于“屠刀”之下，令人惨不忍睹。

人类的近亲——黑冠长臂猿，50年前在海南岛热带森林中还生存着 2000 只左右，由于森林缩小和捕杀，现在全岛只剩下 37 只了。原来生活在我国的高鼻羚羊、犀牛、白臀叶猴等野生动物已经绝迹。珍稀水生物、海龟、儒艮、白鳍豚、中华鲟，由于捕捞已经灭绝。

海洋生物也逃不过人类的捕捞和追杀。世界上最大的动物——蓝鲸，70 年代幸存 400 头。日本、前苏联等国，不顾国际一再呼吁，依旧我行我素，继续进行商业性捕鲸，80 年代再次清点，只剩 15 头了。与此同时，捕鱼队抛弃的破旧渔网、塑杯、桶、袋等，每年都要伤害万只海狗，以及成千上万的海鸟。

由于过度捕捞，目前全世界有 25 个大渔场面临衰竭。著名的北大西洋的北海渔场盛产鳕鱼、鲱鱼，近几十年来该鱼场产量锐减，由 60 年代末产鱼 300 万吨降到 80 年代产鱼几十万吨。

我国最大的渔场——舟山渔场，由于长期大量捕捞，元气大伤，致使大黄鱼、小黄鱼、墨鱼等资源已经枯竭，现在又面临着带鱼资源枯竭，下一步又将要轮上什么鱼呢？

与历史上的物种灭绝不同，当前发生的物种灭绝主要是由人类活动造成的。原因大致有以下几个：生物环境的丧失或改变最明显的是热带雨林的大量砍伐。热带森林只占地球陆地面积的 7%，但却拥有世界 50%以上的物种。目前野生动植物主要的栖息地印度马来地区和非洲热带地区的面积正在减少。

过度开发主要是海洋捕捞和陆地猎获。二次大战后的 40 多年，世界渔业得到很大发展，总捕获量从 1950 年的 2000 万吨增加到 1989 年的 9000 多万吨。大量捕捞使许多重要渔场和著名鱼种及其他水生动物急剧减少甚至绝迹。

空气和水的污染例如两个世纪以来英国因河流严重缺水、污染，95%的沼泽地已经干涸，97%的低地泥沼被毁，使天鹅、鱼狗、蜉蝣、香蒲及其他野生生物迅速消失。过去 20 年中已有两种蜻蜓绝种，以前生长香蒲的地方已变成干泥。全世界海豚告急，也与海洋受到污染息息相关。拉美国家的沿海水域充满了有毒废料，使那里经常出现死鱼现象。

从生物多样性的现状看，我们似乎生活在最富有的地质年代，殊不知，这笔财富正通过生物种类的丧失和生态系统的破坏，处在被滥用的危险之中。物种之间存在的“营养链”或“食物链”极为脆弱，一旦遭受破坏，整个生态系统就会失去平衡，发生重大的、不可预测的改变。例如，70年代在马来西亚，一种很受人们欢迎的水果榴莲的产量莫名其妙地开始下降，使水果产业损失了1亿美元的收入。当时榴莲树并未受到任何损伤，只是果实变少。后来，发现榴莲花粉只由一种蝙蝠传授，而且此种蝙蝠的数量也在严重减少。蝙蝠所以减少，是因为其主要食物——沼泽地红树林的花朵由于养虾业的发展，把大片沼泽地转为虾池，使红树林消失。谜团总算解开了。但人类对红树林的破坏没有停止。据统计，全世界红树林的面积约为20万平方公里，大部分集中在亚洲（主要是马来西亚和印度）、美洲大陆（巴西和委内瑞拉）、非洲的大西洋沿岸。生长在红树林中的生物是沿海地区海洋食物链的主要基础，它还能保证热带沿海居民进行生产活动。但人类误认为它是有害的昆虫滋生地，用填海造地方法，将红树林改造为稻田和鱼塘。80年代巴西还拥有红树林2.5万平方公里，但人类的活动将会使巴西沿海的红树林绝迹。对红树林的破坏，是人类与海洋之间关系处理不当的最明显例子之一，毁坏红树林就是毁掉海洋生物的一个食品库。总之，物种多样性的消失，就会带来生物圈链环的破碎，使人类生存的基础出现坍塌。

■人口膨胀

随着改造自然进程的发展，人类生存条件日渐改善。这使得人类繁殖空前旺盛，人口数量以几何级数猛增。据联合国统计，现在世界人口已突破了50亿大关，“50亿”这个数字，你也许感受不到什么，然而，只要稍稍回顾人类的历史，就会感到人口增长速度太快了。在大约300万年前，类人猿刚刚进化为原始人类时，数量大约只有几千人；到了九千年前人类开始进行农耕，过定居生活，人口只有500万人左右。根据专家推算，在公元元年时，人口约为2.5亿。那之后，人口不停地，却是缓慢地增长着，到了1625年，地球上的人口只增长到5亿。然而，在18世纪的工业革命后，人口陡增。1750年约8亿，1800年约9亿，1850年就已达到1625年的一倍，即10亿人。1930年时，又增加了一倍，达到20亿。但只过去46年，到1976年，世界人口就又翻了一番，达到40亿。1987年，人口终于突破了50亿大关。预计到下个世纪30年代，人口将达到100亿，再过500年，地球人口就将有150兆人了，这可真是个天文数字啊！要是这些人都住在地球上的话，那么平均每人只能拥有1平方米的土地了，整个地球都将挤满了人。那时，人类的命运将多么悲惨啊！在地球46亿年的历史中，大型动物从未增加到如此多的程度，这种情况将直接危及到人类自身的生存。

发疯似地增长着的人口；日渐贫瘠、荒芜了的土地；被风沙席卷着的城市；一天天减少着的森林；不断恶化着的气候；满是油污、废物的海洋、河流；慢慢被掘尽的地下资源；不新鲜的空气；渐渐变小的“遮阳伞”，以及正在灭绝中的动植物……这一切，似乎是在谴责人类的愚蠢行动，控诉人类对地球的伤害。人类作为宇宙孕育出的、有智慧、有灵性的高级生物，已经意识到，地球的危机就是自己的危机。人类已经开始行动起来，保护地球，保护环境。

保护我们的地球

BAOHUWOMENDEDIQIU

人类现在在地球上越来越多地繁衍，迫使我们不能不清醒地回溯历史、展望将来，想一想人与地球家园的关系。

人总是离不开自己的环境——头上的天空，脚下的地面，身处的城市或林地，必需的口粮，耳中的声音，眼前的黑烟或轻雾……它们现在怎么样？它们对你我来说是带来了舒适还是增添了戕害的因素？

有资料表明：目前全球人口正以每年9000多万人的幅度增长，世界人口2000年已达到60亿，到21世纪中期将达100亿。全球已有30%的土地因人类的活动遭致退化，每年流失土壤约240亿吨。全世界每年流入海洋的石油达1000多万吨，重金属几百万吨，还有数不清的生活垃圾。水中的病菌和污染物每年造成约2500万人死亡。全球每年向大气中排放的二氧化碳约有230亿吨，比20世纪初增加了25%，与此同时空气中的颗粒物质、二氧化硫、一氧化碳、硫化氢等污染物也大量增加。全世界森林面积以每年约1700万公顷的速度消失，平均每天有140种生物消亡等。所有这一切都在向人类发出警示：人类在破坏地球环境的同时，也在毁灭着自己。人类只有一个地球，尊重环境就是尊重生命，拯救环境就是拯救未来！

本书最后一部分，论述了人类面对全球环境恶化所采取的一系列行动措施。从人类的觉醒、环境革命、可持续发展的提出、人类所采取的行动，逐层递进的阐明了怎样去保护我们的地球家园。

科学家们为地球的生存而忧虑

1992年11月,包括104位诺贝尔奖获得者在内的1500多名科学家签署了一份名为“世界科学对人类的告诫”的文件。文件告诫说,人类正面临着一场“环境恶化不断加剧”的全球大劫,科学家们试图劝说各国政府采取有效措施,停止对环境的破坏。

俄罗斯科学院的一个研究所目前提出了使大气层免受氟利昂污染的新方法。这一方法的原理是,利用强大的微波辐射光束造成大气层中的放电作用,由此来保护臭氧层。根据这一方法,在大气层中进行的微波放电能高效率地瓦解氟利昂分子,而同时又不会产生会恶化生态环境的有害产物。

以美国麻省理工学院罗纳德·普罗布斯坦为首的一个科研小组,最近又研究出用低压电流清除土壤污染的新技术。这项新技术能除掉土壤中大约g5%的污染物质,并可望大大降低大规模净化活动的费用。

保护环境,保护地球终于受到了世界各国的重视。1993年9月18日,16万多名志愿人员在33个国家的海滩上开展了一天的清除垃圾活动,共清除了160万千克海滩游客扔掉的垃圾,这包括塑料袋和瓶、烟蒂、婴儿尿布、鱼网和钓鱼用的浮子、注射器、玩具、灯泡、轮胎、金属罐、纸袋、废报纸等等。这一活动的发起者——美国海洋保护中心准备每年举行一次这样的活动。

新加坡则以公开羞辱的方法惩罚乱扔垃圾者,该国制定了新的《惩教工作法令》,按照该法令,乱抛垃圾者可被判罚从事社区服务3小时。一次,10名乱扔垃圾的人被强令穿上荧光绿背心,在旁观者揶揄和电视摄像机的镜头下,到公共场所拾垃圾1小时。新闻媒体都专门作了报道,结果这10名“垃圾虫”只好极力遮掩自己的脸,十分尴尬。

世界噪声第二大国西班牙各大城市中70%的居民区超过了欧共体规定的最高65分贝的噪声限量。最近该国政府决定颁布一项限制噪声污染的新法律，开展一场反噪声战。这项法律将对所有那些影响住宅、工作场所、学校和娱乐场所的外来环境噪声规定出最低限量，对违反规定者将处以罚款。

印尼的森林资源在 60 及 70 年代曾遭受到严重的滥砍滥伐。当时的政局不稳定，没有制定有效的森林开发计划，导致苏门答腊及西加里曼丹省的丰富森林资源几近全部报销。由此才于 1967 年有了第一部《森林法》。印尼现在规定，只有那些树干直径超过 50 厘米的树木才获准砍掉，并且每年的砍伐计划须经当局认可。在砍伐后还须再植树，每砍一株树要种 80 株同一品种的树苗，以保证每公顷内至少有 400 株有商业用途的树留下来。

中国从 70 年代开始注意环保问题。全国设有 1000 个环境监测点，1988 年还通过了空气污染管制法。中国正在实施使城市、河流和原野重新清洁的环境综合治理计划。

汽车由于排放毒性废气和使用产生含氯氟烃的空调装置，已被大多数专家公认为世界上的一个主要污染源。为此，美国的一些州规定，到 2006 年为止，所有出售的汽车中必须有 10%的汽车不排放任何废气。有些国家，如德国、丹麦和荷兰还对较清洁的汽车的主人给予税收优惠并少收注册登记费。

环境保护虽然已取得了明显的进展，然而从全球看，今天世界的人口已经达到 60 多亿，经济活动也不知扩大了多少倍，对大自然的破坏依然是相当严重的。作为人类的一份子，应当明确的是：地球只有一个，爱护地球就是爱惜生命。

可持续发展的提出与环境革命

从太空中看到的地球是一个仅由白云、海洋、绿色植被和土壤组成的生态之球。人类在历史的进程中，不断地改变它并确实取得了长足进步，但我们也不能忽视人类对生态环境造成的负面影响和破坏。环境污染、资源匮乏、全球环境问题、人类共有资源的管理问题、贫困问题、粮食问题、世界安全问题、国际间的经济和政治关系等等，这些是单凭技术可以解决吗？人类是否可以仅仅生活在一个只有经济关系的社会中呢？环境问题和资源问题是否仅靠环境保护机构和资源管理机构就可以解决呢？在处理各种问题时，各国之间应该采取什么样的态度呢？在人类的发展道路上，我们应该采取一种什么样的生产方式和消费模式呢？什么样的发展是基于自然资源基础之上的发展，并且可以长久地持续下去呢？

人们在思考、探索这些问题的过程中，先后提出过“有机增长”、“全面发展”、“同步发展”和“协调发展”等构想。

1980 年 3 月 5 日，联合国向全世界发出呼吁：“必须研究自然的、社会的、生态的、经济的以及利用自然资源过程中的基本关系，确保全球持续发展。”1983 年 12 月，联合国成立了世界环境与发展委员会(WCED)，挪威首相布伦特兰夫人担任委员会主席，负责制订一个“全球变革的日程”。要求提出到 2000 年以至以后的可持续发展的长期环境对策；提出处于不同社会经济发展阶段的国家之间广泛合作的方法；研究国际社会更有效地解决环境问题的途径和方法；协助大家建立对长远环境问题的共同认识，为之付出努力，确定出今后几十年的行动计划等。当时，布伦特兰夫人作为挪威首相还要负责处理国家日常事务，而且联合国的任命并非轻易的使命和责任，整个目标看起来有些雄心勃勃、超过现实。整个国际社会也对世界环境与发展委员会是否能够和有效地解决这些全球性重大问题持怀疑态度。但是，布伦特兰夫人决定接受这一挑战，因为她认为，严峻的现实不容忽视。既然对于这些根本性的严重问题没有现成的答案，那么除了向前走、去摸索解决方法外，别无选择。为了能够综合地、全面地考察环境问题和发展问题，为了能够综合不同发展阶段各个国家的利益和观点，为了能够更科学地反映复杂社会和环境系统，具有广泛背景的 22 位成员组成了一个工作委员会。他们来自科学、教育、经济、社会及政治领域。其中，14 名成员来自发展中国家，以反映世界的现实情况。中国的生态学家马世骏教授也是委员会成员之一。由于委员会成员具有不同的价值观和信仰，不同的工作经历和见识，在如何看待和解决人口、贫困、环境与发展问题上，起初存在一些分歧意见，但经过长期的思考和超越文化、宗教和区域的对话后，他们跨越了文化和历史的障碍，于1987年4月提交了一份意见一致的报告:《我们共同的未来》，正式提出了要在全球范围内推广可持续发展的模式。

在《我们共同的未来》中，第一次明确地给出了“可持续发展”的定义，即“可持续发展是既满足当代人的需要，又不对后代人满足其需要的能力构成危害的发展”。这一概念有两层含义:一方面，我们需要发展以满足当代人的基本需要(尤其是贫困人民的基本需要);另一方面，这种发展又应该以不破坏未来人实现其需要的资源基础为前提条件。简单地说，贫穷国家大多数人的基本需求——粮食、衣服、住房、就业等应该通过发展得到满足，但是如果这些满足是通过破坏资源和环境基础来实现的，如砍伐森林、过度捕捞渔业资源、造成严重的环境污染等，那么这种发展就是不可持续的。对那些经济发达国家来说，保持他们高消费的生活方式，意味着对生态环境和资源的更大压力，那么这种消费模式也是不可持续的。

可持续的发展并不等于一切停止不前，保持现状。对那些尚未解决人们温饱问题的发展中国家而言，为了提高人民的生活水平，满足人们的基本需求，发展是必需的、紧迫的。为了满足基本需求，不仅需要那些穷人占大多数的国家的经济增长达到一个新的阶段，而且还要保证那些贫穷者能够得到可持续发展必需的自然资源的合理份额。

在我们满足当代人的需求之时，不论是满足富国的需求还是满足穷国的需求，都应该想到我们所拥有的地球，不是从祖先那里继承来的，而是从子孙后代那里借来的。因此，我们必须考虑到后代人的利益。1992年的世界环境与发展大会上，13岁的加拿大女孩塞文·苏左克发表了一次感动世界的讲演。她说，“我们没有什么神秘的使命，只是要为我们的未来抗争。你们应该知道，失去我们的未来，将意味着什么？……请不要忘记你们为什么参加会议，你们在为谁做事。我们是你们的孩子，你们将要决定我们生活在一个什么样的世界里……”这是一个孩子对恣意挥霍自然资源的父辈们的请求和呼吁。

可持续发展概念看起来是一个抽象的、理论性的东西。我们这个现实的世界是一个什么样的呢？现存的各种全球性问题又是如何联系在一起的呢？

该报告对当前人类在经济发展和环境保护方面存在的问题进行了全面和系统的评价，指出经济发展问题和环境问题是不可分割的；许多发展形式损害了它们立足的环境资源，环境恶化又可以破坏经济发展。人类的活动影响国家、部门甚至有关的大领域（环境、经济和社会），整个地球正在发生巨大的发展和根本的变迁。这些巨大的变化将全球的经济和全球的生态以新的形式联系在一起。过去，人们一直在关注经济发展给环境带来的影响，现在，人们不得不面对生态破坏对经济发展的反作用力。而且，各个国家之间，不仅在经济上互相依赖着，在生态和环境上也日益密切地联系在一起。无论是在局部、地区、国家还是全球范围内，生态、环境和经济已经紧密交织成一张巨大的因果网。

生态、环境与经济的紧密联系应该是人类社会发展的基本出发点。在人类发展前景的问题上，该报告指出：

人类有能力使发展继续下去，也能保证使之满足当前的需要，而不危及下一代满足其需要的能力。可持续发展的概念中包含着制约的因素——不是绝对的制约，而是由目前的技术状况以及环境资源方面的社会组织造成的制约和生物圈承受人类活动影响的能力造成的制约。人们能够对技术和社会组织进行改善，以开辟通向经济发展新时代的道路。

这是一种乐观的态度，但又不是盲目乐观。人类有能力发展下去，但人类必须意识到人类发展是有限制的发展。生物圈所能承受的压力是有一定的物理极限的，然而，人类可以通过调整人类自身的发展来不突破生物圈所能容忍的限度。在技术进步、社会关系以及政策调整等方面，人类可以大有作为，可以通过改善人类自身的活动走向可持续发展。

《我们共同的未来》明确提出了一些急需改变的领域和方面，这些问题可以概括如下：

◎改变生产模式

工业是现代化经济的核心，也是社会发展不可缺少的动力。

通过原材料开发和提取、能源消耗、废物产生、消费者对商品的使用和废弃这一循环过程，工业及其产品对文明社会的资源库产生了影响。这种影响可能是积极的——提高了资源质量或扩大了资源利用范围；也可能是消极的——即生产过程和产品消费过程中产生了污染、导致资源耗竭和资源质量下降等问题。如果工业发展要长期持续，就必须从根本上改变发展的质量。根据联合国工业发展组织的报告，如果发展中国家工业品的消费水平上升到目前工业化国家的水平，则世界工业产量必须提高 2.6 倍。如果人口增长按预计的速度发展，到下世纪某一时期世界人口大致稳定时，世界工业产量预计需要上升 5 到 10 倍。这种增长将给未来的世界生态系统及其自然资源基础带来严重影响。因此，工业和工业过程应该向以下几个方面发展：更有效地利用资源、更少地产生污染和废物，更多地立足于可再生资源而非不可再生资源；最大限度地减少对人体健康和地球环境的不可逆转的影响。

◎适度的消费模式

全球可持续发展要求较富裕的人们能够根据地球的生态条件决定自己的生活方式。只有当各地的消费模式重视长期的可持续性，超过最低限度的生活水平才能持续。可持续发展要求促进这样的观念，即鼓励在生态环境允许的范围内的消费标准和所有的人可以遵从的标准。这些话看起来有些晦涩难懂，但核心只有一个：人们的消费方式应该与生态环境的承载力相一致，发达国家高消费的生活模式对资源施加了太大的压力；这种消费模式不应该受到鼓励和支持，而应该予以改变。同样，存在于发达国家和发展中国家以及不发达国家的某些消费方式也是需要改变的。

◎综合决策机制

许多需要对人类发展问题进行决策的机构，基本上都是独立且分散存在的。它们往往只考虑部门内部的职责，按照各部门的要求而行事。例如，负责管理和保护环境的机构与负责经济的机构在组织上是分开的。有些部门的政策对部门的目标有利，对环境却是有害的。政府往往未能使这些部门对其政策造成的环境损害负起责任来。举例来说，过去工业部门只负责生产产品，而污染问题留给环境部门去解决。电力部门只管发电，酸性尘降等问题也让其他专门机构去处理。国家实行一项政策措施，也很少考虑该政策对环境的可能影响，一旦产生不良环境影响再做修补工作。这些事后的修补常常需要很高的费用，而且，一些生态影响是不可挽回的。因此，在各个部门行使自己的职责时应该将生态和环境的利弊综合考虑进去，进行综合决策，就可以避免可能的环境后果。这种综合决策机制，目前在全球范围内受到极大重视，研究者和决策者都在试图通过这种综合决策机制，寻求一种既能满足经济发展要求，又能对环境进行妥善保护甚至是改善的“无悔政策”或“双赢政策”。

◎人口问题

在世界的很多地方，人口的高速增长超过了环境资沥能够长期支持的数量。粮食、能源、住房、基础设施、医疗卫生和就业等都赶不上人口的增长速度，现在的问题不在于人口数量多大，而在于人口的数量和增长率怎样才能与不断变化的生态系统的生产潜力相协调。人口控制对程定生态环境和减缓资源基础耗竭非常重要。政府应该制订人口政策，通过各种形式来实现人口控制目标，并通过社会、文化和经济手段实施计划生育，不仅控制人口的数量，同时改进人口的整体质量。

◎粮食保障

该报告指出，目前全世界的人均粮食产量比人类历史上任何时期都要高，但由于粮食生产和分配的不均衡，仍然有 11 亿人无法得到足够的粮食。世界的农业发展并不缺乏资源，而是需要保证粮食生产以满足人们的需要。通过充分利用人类已经拥有的关于农业生产方面的技术，制订粮食供给和生活保障的新政策，可望实现保障世界粮食充足供给的目标。

◎能源消费

取暖、煮饭、制造产品、交通运输等人类生活中最基本的服务都是能源提供的动力。目前，人类主要依赖于矿物燃料和薪柴。矿物燃料的使用面临着耗竭的困境，据估计。石油可利用50年；天然气可利用200年；煤炭可利用3000年。同时，矿物燃料燃烧还带来了严重的污染问题：温室气体二氧化碳的大量排放、酸雨问题、颗粒物和氮氧化物等大气污染物的排放等等，都与矿物燃料的生产和消费过程相关。因此，提高能源效率、节约能源、开发可再生能源（如水电、太阳能、风能、生物燃料等）将会帮助我们解决能源问题，实现可持续发展。

另外，《我们共同的未来》中还探讨了国际经济对发展和环境的作用，如何管理人类的共有资源（海洋、外层空间、南极洲），如何建立一个安全稳定的国际秩序，国际机构在走向可持续发展道路中的地位和作用，公众参与的必要性、环境投资等问题。

可以说，《寂静的春天》掀起了第一次环境革命，辩论的焦点是环境质量与经济增长之间的关系，人们开始意识到环境问题，重视环境污染，并努力采取技术措施减小环境污染的损害；《我们共同的未来》则标志着第二次环境革命的到来，它重新界定和扩大了许多原有的概念，提出了可持续发展这一人类发展模式，并使得可持续发展成为第二次环境革命中最引人注意的词汇。它是人们对人类社会发展模式与环境关系的进一步思考和探索，辩论的焦点则转移到怎样达到有利于环境的经济增长的讨论上。它从环境保护的角度来倡导保持人类社会的进步和发展，号召人们在增加生产的同时，必须注意生态环境的保护和改善。它明确提出要变革人类沿袭已久的生产方式和生活方式以及决策机制，调整现行国际经济关系，并大声呼吁旨在动员民众参与的环境运动。在报告的最后，委员会宣称："以后的几十年是关键时期，破除旧的模式的时期已经到来。用旧的发展和环境保护的方式来维持社会和生态的稳定的企图，只能增加不稳定性；必须通过变革才能找到安全。"

这场变革已经开始，为了拥有一个美好的共同未来，世界各国正在合作中寻找一条符合自己国情的可持续发展之路。于是，在1992年，联合国在巴西的里约热内卢召开了“联合国环境与发展大会”，树立了环境和发展相协调的观点，并提出被世界各国普遍接受的可持续发展战略。可持续发展不仅成为理论学家和政治家必说的名词，而且，通过各国制定的可持续发展行动计划，它已经成为当今规模最浩大的实践活动。

可持续发展战略行动指南

在1992年召开的第二次人类环境与发展大会上签署的5个文件中，最富有指导意义的就是《21世纪议程》。该议程充分体现了当今人类社会可持续发展的新思想和新概念，反映了环境与发展领域的全球共识和最高级别的政治承诺，而随后世界各国针对本国情况所制定和实施的国家级的《21世纪议程》，将促使世界各国逐渐走上可持续发展的道路，走向我们共同的未来。

《21世纪议程》是一个内容广泛的行动计划，该议程提供了一个从现在起至21世纪的行动蓝图，它几乎涉及到与全球可持续发展有关的所有领域。《21世纪议程》原文有20多万字，本章只能就重点问题做简单的介绍。

◎总体战略目标

可持续发展的总体战略目标，简单地说，就是长期、稳定、持久地满足人类的需求。首先需要澄清几个重要的概念：

“人类”是指当代人与后代人，包括不论性别、年龄、种族、贫富、信仰、国家和地区差别在内的所有的人。

“需求”是指人类对物质生活和精神生活的需求，是指合理的需求，即对自己、对他人，包括当代人与后代人的利益都不造成损害的需求。这种需求不能超过地球承载力，在此前提下，“需求”还包括对于不断提高的物质和精神生活质量的需求。

"满足"是指人类对物质生活和精神生活欲望的达到或实现的一种心理状态。"满足"也应合理和科学，绝不能"人欲横流"，超越地球承载力或当前的生产水平。

"长期的"是指这种生活质量的提高是延续地、稳定地、不断地提高，而不是短期地、间断地提高。

可持续发展战略的最终目标是谋求人类长期利益的实现。

除了国家和地区的可持续发展战略目标外，还有部门、行业或产业的可持续发展战略目标问题。当然部门的、行业的或产业的可持续发展目标也都是为满足人类合理需求的总目标服务的，但也有它们自己的特点，例如：农业可持续发展的目标应包括保护基本农田和农业科技的进步；林业可持续发展的战略目标应包括林地覆盖的基本面积等；电子工业、信息产业等的可持续发展的目标，应包括高科技不断进步的潜力等；教育部门与科技部门的可持续发展的目标，应包括先进的基础设施和高水平的科技人才潜力等等。

◎可持续发展的战略重点

《21世纪议程》的可持续发展战略重点是社会、经济与环境的可持续发展。

可持续发展的核心是发展，是社会经济的共同发展。如果没有发展，社会就会停滞。但是这种发展的内容不但应包含社会经济的持续、稳定发展，还应包括人与人之间的和谐、平等和公正性的社会关系的发展。

经济可持续发展是《21世纪议程》总体战略的基础。这与我国以经济建设为中心的政策是相一致的。要建立一个可持续发展的社会，首先要建立一个可持续发展的经济。如果没有高度可持续发展的经济，人类的高度物质文明和精神文明就失去了物质基础，要提高综合国力和提高人民的生活质量，也必须要有强大的经济实力。同样，保护与改善环境也要有经济力量的支持，如治理污染、治理沙漠、改造盐碱地、防治土壤侵蚀，以及垃圾处理厂的建设等都需要一定的资金和物质支持。发展经济就需要资源，但在我们的地球上资源是有限的，开发新的资源和能源需要经济实力，发展科技与教育也需要有经济实力，所以经济可持续发展是可持续发展的基础。

但是，可持续发展决不是指单纯的经济问题和社会问题，更不是指单纯的环境问题和资源问题，而是四者相互协调的问题。社会的可持续发展，要以经济的可持续发展为基础，要以环境和资源可持续发展作为必要条件。经济的可持续发展的关键在科技，基础在教育，因此它是和社会发展分不开的。同时经济的可持续发展还需要资源与环境作为支撑。因此，我们的经济增长和发展模式，必须实现从单纯的经济增长向可持续发展的转变。

历史告诉我们，工业革命之后流行的经济增长模式，特别是生产和消费模式已难以为继。这种模式虽然使一些地方富裕和发达起来，却在更多的地方造成了贫困和落后；虽然提高了人的生产能力，却过度地消耗了资源、破坏了生态平衡和生存环境；虽然满足了部分人的短期需要，却牺牲了人类长远的发展利益。

《21世纪议程》要求世界经济从单纯追求增长向可持续发展转变，传统的发展观体现为以片面追求国民生产总值增长为目标的“大量消耗资源，大量生产，大量消费，大量废弃”的过程。这种生产过程是不完全的。原始时代地广人稀，人类还能像“牧童”面对广阔草原一样，每破坏一地则迁移到另一地，可是现在已无地可迁。人类在享受物质文明之果的同时也饱尝了环境污染的痛苦。现在，人类应该对其传统的经济增长模式进行全面反省。

从经济学角度讲，资源的稀缺可以通过价格和技术发展等因素调整；从物质和能量角度讲，其流通环节不畅和转换过程受阻需要外力来疏导、搭桥；从可持续发展角度讲，必须投入人力、物力来加强环境再生产的质和量。所以，人类困境的出路在于把传统经济增长改造为可持续经济发展，其关键需要制度创新。

改变视环境保护为公益性事业的看法，走出环保只是属于政府、法规管理范畴的误区，把市场机制引入环境保护领域。环境市场可由环境资源市场、环境产品市场和环境服务市场三部分组成。

随着社会总体消费水平的提高，仅仅通过环境市场使环境成本内在化而被动地保护环境是不够的，人类还必须主动地去建设环境，以加强环境生产，提高污染消纳力和资源生产力。环境建设本身不应该仅作为一项公益事业或义务劳动。

在世界运行的基本层面上，我们不但要调和三种生产中每一种生产的内部运行环节的内容和机制，以保证三个生产本身的生机勃勃，而且还需要调和三个生产之间的联系方式和目标，以确保世界系统的和谐与可持续发展。

环境建设就是基于这种认识提出来的，目的在于使已本末倒置的三种生产运行关系从不和谐变为和谐，其作用机制是通过人的生产和物质生产的产品——劳动力和物力部分投入到环境生产中，在环境科学理论指导下提高环境生产力，从而保持、改善环境质量，增大环境承载力。

从物质和能量的流动角度，我们可以把传统的经济增长模式和可持续发展模式的特征表述为：

在传统的经济增长模式下，作为生产过程投入的环境质量和资源基本上是无价或低价的；但其生产的产品却是高价。其物质、能量单向流动的结果导致了“大量生产，大量消费，大量废弃”的不可持续的经济增长。

把传统经济增长改造为可持续经济发展：首先强调的是要以真实成本使用环境和资源投入，其产品也要以真实价格出售；并强调清洁生产过程，从而使生产过程产生的废弃物最小。在进行物质和人的再生产的同时，还必须重视环境建设。

◎新的全球伙伴关系

历史告诉我们，没有和平与稳定，就谈不上保护环境和促进发展。今天，环境与发展是全人类面临的共同问题。国际社会必须超越国界，超越民族、文化、宗教和社会制度的不同，为人类的共同、长久利益，同时也是为了各国的切身利益，同舟共济，通力合作，发挥集体智慧，治理和保护环境，实现“可持续发展”。可持续发展的“公平”原则，强调当代和后代人之间，大国和小国之间，富国和穷国之间的公平，包括代际公平和区际公平。

为了实现这个目标,《21世纪议程》和《里约宣言》发出了建立一种“新的全球伙伴关系”的呼声。这种呼声是基于以下几方面的共识。

1.保护环境和发展离不开世界的和平与稳定。

战争和动乱不但造成生命、财产的重大损失,对于生态环境也必然会带来严重破坏。在推进世界环境保护和发展事业的同时,各国应致力于本国的稳定,维护地区与世界的和平,通过谈判和平解决一切争端,反对诉诸武力相威胁。

2.保护环境是全人类共同的责任,但是经济发达国家负有更大的责任。

人类共同居住在一个星球上,某些环境问题已超越国家和地区界限,解决全球环境问题是每个国家和地区的共同利益所在。从历史上看,环境问题主要是发达国家在工业化过程中过度消耗自然资源和大量排放污染物造成的;就是在今天,发达国家不论是从总量还是从人均水平来讲,其对资源的消耗和污染物的排放仍然大大超过发展中国家,对全球环境恶化负有主要责任。因此,发达国家应为发展中国家提供新的额外资金并以优惠条件转让环境保护技术,以帮助发展中国家改善自身环境和参与保护全球环境。这样做不仅对发展中国家有利。对发达国家来说也是符合其自身利益的明智之举。

3.国际合作要以尊重国家主权为基础。

国家无论大小、贫富、强弱都有权平等参与环境和发展领域的国际事务。解决全球环境与发展问题,必须在尊重各国的独立和主权基础上进行。各国有权根据本国国情决定自己的环境保护和发展战略,并采取相应的政策和措施。与此同时,各国在开发利用本国自然资源的过程中,也应防止对别国环境造成损害。

4.处理环境问题应当兼顾各国现实的实际利益和世界的长远利益。

人类需求和欲望的满足是发展的主要目标和动力。可持续发展要求满足全体人民的基本需要以及要求过较好生活的愿望。目前,一些发展中国家人口的基本需求——粮食、衣服、住房、就业等——还没有得到满足。很明显,可持续发展强调在基本需要没有得到满足的地方经济增长的重要性，但是仅仅增长本身是不够的，高速的生产率和贫困可以共存，而且会危害环境。因此，可持续发展要求：社会从两方面满足人民需要，一是提高生产发展潜力，二是确保每人都有平等的发展机会。

知识的积累和技术的开发会加强资源基础的负荷能力，但是环境基础有最终不可超越的限度。可持续发展要求，在达到这些限度之前的较长时间内，全世界必须保证公平地分配有限的资源和调整技术以减轻对环境、资源的压力。

5.在现实世界，资源耗竭和环境压力等许多问题产生于经济和政治权利的不平等。

一片森林可能由于乱砍滥伐而遭破坏，因为生活在那里的人们没有选择的余地，或者因为木材开发者比当地的居民更有影响力；一个富强国家可以向贫穷国家输送有害废弃物，因为贫穷国家在国际社会的政治和经济地位低下。发达国家不但应承担其在全球环境问题中的历史责任，还应帮助发展中国家的发展。因为一个充满贫困和不平等的世界更容易发生生态环境和其他社会经济危机，这些都将影响发展的持续性。

任何一个国家都不可能光靠自己的力量取得成功，而联合在一起，我们就可以成功，全球携手，求得持续发展。

◎《21世纪议程》的主要内容

《21世纪议程》共包括4个部分，40章。其主要涵盖的内容包括：

第一部分：社会经济方面。其中包括：为加速发展中国家的可持续发展进行国际合作；贫困问题；消费模式；人口与可持续性；保护和促进人类健康；促进可持续的人类住区；制订政策以实现可持续发展。

第二部分：为发展的需要，进行资源保护与管理。其中包括：保护大气；统筹使用土地资源；森林保护及合理利用；制止沙漠漫延；保护高山生态系统；在不毁坏土地的条件下满足农业的需求；维持生物多样性；生物技术的环境无害化管理；保护海洋资源；保护和管理淡水资源；有毒化学物质的安全使用；危险废物的管理；寻求解决固体废物的管理办法；放射性废物的管理。

第三部分：加强主要团体的作用。主要包括：有关妇女的行动；持续的和公平的发展；可持续发展的社会伙伴关系。

第四部分：实施的方法。主要包括：资金来源和机提高环境意识；建立国家的可持续发展能力；加强可持续发展的机构建设；国际法律文件和机制。